完全無罪

かんぜんむざい

DAIMON TAKEAKI

大門剛明

林美琪——譯

目次 Contents

序章

東奔西跑，躲躲藏藏，這樣已經過了幾小時呢？

幽暗森林中，我在星月稀光下逃竄。耳邊僅傳來赤著腳踩踏落葉的窸窣聲、細小枯枝的斷裂聲，還有，是油菜花嗎？不知名的黃色小花盛開著。咳！咳！被花粉嗆到了。

不趕緊從那個綠屋頂的房子逃走就糟了，而且要躲得愈遠愈好。

就算能夠稍微喘口氣，也絕不能回頭看。雖然聽不見聲音，但他肯定會追來。要是被逮到，小命就沒了。

手臂擦傷，腳底也痛得要命。剛剛摔了一大跤，媽媽幫我穿上的浴衣沾滿了泥巴，前襟散開，腰帶不知掉去哪……對不起，沒想到變成這樣！可我現在只想逃走，我不想死。

為什麼會變成這樣？他為什麼要追我？

救我！拜託，誰來救救我！

我不知道自己在哪裡，也不知道要逃去哪裡，只能拚命鑽過竹林，繞過水池，跳過水窪，頭也不回往前衝。腦袋裡亂烘烘的，我幾乎沒發現自己正在拔腿狂奔，即便如此，耳邊仍響起陣陣催促聲：「快跑！絕對不能停下來！」

快窒息了，心臟要炸開了，好難受。雜草上冒著熱氣滾滾襲來。這下該甩掉他了吧？不，不能大意，那個人肯定會在我鬆懈時突然出現。那個人，人？那絕對不是人，是怪物！他比爸爸還要高大，一雙眼睛鬼鬼祟祟地打轉，鼻子像小木偶一樣長，嘴巴大到足以一口吞下整頭山羊，那東西怎麼會是人？

遠處亮起了朦朧的光。光影漸漸變大，呼朋引伴似的一點一點亮起來。太棒了，是城鎮！我連滾帶爬衝下山，往光的方向奔去。得救了。雖然浴衣散開了很難為情，但現在可不是在意這種事的時候。

背後傳來腳步聲。步伐遲緩，卻愈來愈接近。糟了，筋疲力盡的雙腿果然再也跑不動了。

被追上就完蛋了！

救我！我邊哭邊跑，然後，左腳踩空，右腳也是。浮在半空中的我，約莫一秒後摔在地上。我感覺到泥土和血的味道，於是擦了擦嘴角。

回頭一看，一個巨大的男人就站在那裡。
粗重的眉毛向上吊起，銅鈴般的眼睛瞪得老大，碩大的鼻子像箭一樣尖，一張闊嘴淌著口水。大塊頭並不著急，像在確認陷阱般，一步一步緩緩走來。不要！救命啊！
快逃！快逃！逃得遠遠的，愈遠愈好……

第一章　噩夢

1

「小姐，停這裡可以嗎？」

抬頭一看，東京地方法院映入眼簾。頂著斑白灰髮的司機回頭看向後座，眉頭緊皺。

「妳還好嗎？小姐？」

哦，搭計程車太方便，我好像累得睡著了。又是那個夢……剛才是不是喊出聲了？

唉，現在想這些也沒用。松岡千紗推好滑下的黑框眼鏡，從錢包取出信用卡，遞給司機。

「收據抬頭請寫『菲亞頓法律事務所』，謝謝。」

千紗客氣地面帶微笑，但灰髮司機依然皺著一張臉。接下來要面對的是一場格外重要的判決，這表情可真教人不舒服。就不能開開心心地送我下車嗎？頂著一張臭臉服務乘客算得上敬業嗎？

「小姐，請確認一下……」

司機一手輕輕摸著布滿鬍碴的下巴。

千紗不自覺跟著做，卻發現下巴是溼的。連忙從皮包裡掏出手帕，一不小心，幾枚五圓銅板從錢包裡掉出來，滾進副駕駛座下方。只見司機眉間的皺紋變得更深，像在說：「真會找麻煩！」然後伸手撿起零錢交給千紗。

天空將雨未雨。烏雲這個大儲水槽積水已超過臨界點，只要拿針輕輕一戳，便會潰堤哭泣。

千紗按住胸口，感覺心臟怦怦跳，於是閉上眼睛對自己說：「冷靜！冷靜！」幾次深呼吸後，眼看要來不及了，千紗拔腿衝向法院。

「松岡，快點！」

在前方等待的是法律事務所的律師同事。

「抱歉，我是主任律師卻……」

「別說了，判決比較重要。」

千紗跟著中年律師——猶如《愛麗絲夢遊仙境》中捧著懷錶的白兔先生——衝進法

院，腦中不住打轉著學法律時聽過的一句話：「急事緩辦。」進入法庭時已經遲到片刻。由於是備受關注的裁判，即便今天只是宣判結果，依然湧入許多旁聽群眾。

「準備好了嗎？迎接改變時代的一刻！」

「嗯，準備好了。」

在稍嫌誇張的鼓勵下，千紗走向辯護律師席。頭髮全部向後梳攏的檢察官坐在對面，被告在兩名獄警的帶領下現身。

被告原本滿臉鬍碴，染著一頭金髮，眉毛還剃個精光，如今剃光了頭髮後，反而露出一張出乎意料的稚氣臉龐。這也難怪，被告田村彪牙不過二十一歲，他將女友的兩歲女兒從三樓推落，被檢方以殺人罪起訴。

隔壁一名老婦人的證詞成為本案焦點。獨居的老婦人表示，平常就會聽到彪牙對著孩子大吼：「給我安靜！不然給妳死！」案發當天，她還親眼目睹彪牙將小女孩從樓上推落。大樓的庭院雖是整片草坪，但兩歲大的女孩運氣太差，頭部撞到水泥不幸死亡。

不久，三名法官如出席葬禮般靜靜走上臺。

「被告請出列。」

在審判長的指示下，田村彪牙走上應訊臺。

彪牙沒有前科，但就讀國中至工業高職期間闖下不少禍。他向大批媒體怒比中指的畫面不斷在電視上重播，整起案件被渲染得駭人聽聞。當然，網路上更掀起一波要求死刑的聲浪。

在千紗眼中，彪牙絕對算不上好人。連幾句毫無冒犯的話，他也會立刻發火，為他辯護相當吃力不討好。話雖如此，絕不能以貌取人，更何況，不該讓短短幾秒根本沒拍到殺人現場的畫面來審判一個人的人生。

最初是一名公設辯護人接下這起案件。他為了迴避殺人罪，主張推落地點是在三樓，表示嫌犯並無殺意，應為傷害致死。但是，彪牙堅稱是一起意外事故，因而解雇了那名公設辯護人，轉而委託菲亞頓法律事務所。

千紗承接下案件後，發現老婦人的證詞前後不一，幾次詢問下來，強烈認定老婦人其實並未親眼目睹幼童被推下樓。況且從老婦人的房間，要是不刻意探出身體，應該看不見幼童遭推落的場景。後來律師團前往現場模擬，證明了千紗的質疑。

法官與陪審團已經做出判決，但千紗並沒有從表情來解讀判決內容的本事。

審判長稍微壓低眼鏡，輕輕瞪了彪牙一眼。

「判決主文：被告無罪。」

法庭內一陣騷動。千紗大大吐了一口氣，彪牙也露出安心的神情。司法記者紛紛離席，奔往記者室發稿。審判長迅速唸完判決理由後宣告退庭，但地院一〇四號法庭現場依然喧囂不止，夾雜著激烈的怒吼。

「殺人！殺人！」

高喊殺人的正是當時與彪牙交往、死去女童的十九歲母親。

「還給我！把女兒還給我！」

她在法庭上始終保持沉默，不料當法官宣判彪牙無罪後，便像全身著火般淒厲地嘶聲吶喊起來。這時臺上的彪牙一鞠躬，瞥了女人一眼便轉過身去。十九歲的母親在父母攙扶下走出法庭。

「松岡，恭喜恭喜！」

律師同事伸手過來。千紗雖也感到一股勝利的成就感，但望著慟哭的年輕母親背影，被握著的手無力地回應著。

推落幼童致死事件宣判後一週，玻璃帷幕電梯俯瞰著東京街頭，無聲無息地上升。

總部設於東京車站旁的菲亞頓法律事務所，為日本屈指可數的大型法律事務所，業務範圍橫跨刑事和民事，甚至擴及企業法務、國際案件等項目，而且囊括一干優秀的律師，堪稱是一座律師城堡。

外頭剛下過雨。

「松岡律師，不管輿論如何，這次的判決意義重大啊。」

提問的是一家發行法律季刊的雜誌記者，鼻下蓄著一撮小鬍子。

「檢方毫無物證，光憑幾句難以判斷可信度的證詞就起訴殺人罪。這種冤案也太荒謬了。」

千紗繃著一張臉，啜了一口咖啡。

「我認為，檢警或證人都秉持著不容犯罪的正義感。可結果卻讓田村先生蒙受不白之冤。姑且不論是故意或過失，有時候，製造冤案的就是這樣的正義感。」

「松岡律師，妳打贏了這場官司，被告無罪釋放，為刑事辯護大大增添了光彩。」

「我沒做什麼，都是檢證團隊的功勞。」

記者笑著表示千紗太過謙虛了。但這是實話。千紗能打贏這場官司，正是檢證一絲不苟的結果。為了證實證人的目擊情報不可靠，菲亞頓法律事務所特地成立專門的檢證團隊。

最終檢證團隊證實，要是老婦人並沒有從房間裡把整個身體探出房外，幾乎不可能看見幼童遭推落的畫面；再加上街坊都知道老婦人平時就一張嘴愛嘮叨，沒事也會胡亂抱怨，可見其證詞不足以採信。身為主任辯護人的千紗，不過是將這些蒐證一一攤在法庭上。

「其實，這次的判決凸顯出一個更大的問題。」

「妳是指……證人之外的問題？」

千紗點點頭。

「沒錯，媒體大肆報導被告的惡劣習性，加深一般民眾對於被告就是犯人的疑慮。我認為這是很嚴峻的問題。被告雖已無罪釋放，卻仍被外界視為『殺人犯！』，根本無法回歸平靜生活。」

「原來如此。妳想說的是，無罪在世人眼中其實並不等同於無辜……對嗎？」

千紗連連點頭。接著幾個形式性的提問後，記者起身：

「謝謝妳，期待妳有更好的表現。」

「謝謝。要是人們能屏除對田村先生的偏見就太好了。」

等記者的身影消失在電梯裡，千紗立時全身癱軟。「呼——」她大大地吐氣，手心早已汗溼。上司命令她接受採訪，無可奈何，但她手邊的工作早已堆積如山，例如一樁交通事故的答辯狀須如期完成，其他書狀尚未動筆，進度大幅落後。

「松岡律師，可以打擾妳嗎？」

千紗在走廊上，被身後傳來的聲音叫住。回頭一看，是一名女祕書。

「真山先生找妳，要妳到資深合夥人辦公室。」

「咦？哦，好的，我知道了。」

聲音變得沙啞。真山是何許人物？正是這家法律事務所的經營者。

近來許多小型法律事務所改以「資深合夥人」來稱呼事務所的老闆，真山在所內就是這樣的地位。然而，菲亞頓法律事務所旗下的律師多達兩百名以上，亦不乏業界大腕，可謂人才濟濟。資深合夥人真山無疑是站在雲端上的人物。

一想到還有棘手的答辯狀等各式文件待處理，千紗心情立時變得沉重起來，卻也無法不走這一趟。真山到底為什麼找她？千紗踩上高級地毯，走進資深合夥人辦公室。

「啊，不好意思，讓妳跑一趟。」

滿頭銀髮、五官深邃的男子招了招手。真山健一。和藹可親的笑容，難以想像曾是每天腳踩最高法院的大理石、差點坐上司法權最高寶座的人物。辦公室很氣派，但沒有預料得大，似乎較強調功能取向。

「故意弄得跟最高法院的法官室一樣。啊，坐、坐！」

真山笑容可掬地拉了張椅子：

「妳等我一下。」

真山說完便消失蹤影。千紗坐下，並留意不坐滿半張椅面，然後看著玻璃窗。土氣的鏡框、及肩的黑髮，類似大學時代參加就業活動時穿的套裝。好一張青澀的臉。

「久等了，這豆子很好喝！」

真山端著咖啡過來。似乎是他自己煮的。剛剛才喝過，但此時不能拒絕，真傷腦筋。喝這麼多，胃受得了嗎？算了，壓力更傷胃。真山將豆奶倒入咖啡中，拿起湯匙快速攪拌。那輪廓鮮明的五官絕對當得上藝人，美中不足是個子不夠高。

「松岡律師，妳來這裡，今年是第二年吧？」

「哦，是的。」

千紗並沒有攻讀法律研究所，而是邊打工邊讀法律，花了四年時間通過資格考試，兩年前成為律師。

「這是從西班牙買來的餅乾，不含小麥呢。」

真山咬下餅乾。他曾經擔任最高法院法官，似乎長年來奉行無麩質飲食生活。

「嗯，很好吃。」

好吃到出乎意料，但反而讓常以超商便當等垃圾食物果腹的千紗感覺自己受到指責而略顯坐立難安。再說，到底為什麼找我來？有話快說啊！

「妳才二十九歲吧？了不起啊！」

對於推落幼童致死案件的判決，真山對千紗的表現予以褒獎。

「不，我剛也對記者說了，能打贏這場官司，全是因為事務所內優秀的檢證團隊，我個人毫無貢獻，只是扮演好被賦予的角色而已。」

「那也沒關係啊。」

真山沒有繼續褒獎，托起腮幫子說：

「妳知道的，律師業務很多元。有些資深的老頑固認為律師就該這樣那樣，有些同行則單純以賺錢為考量，真傷腦筋。但是，倘若想守護人權，因循苟且可是不行的。檢察廳設有陪審員審判對策小組，不斷研究精進，我們這邊也得有所改變才行。」

光憑著「想幫助弱勢族群」的信念是行不通的吧。真山打從年輕時就在司法體制內擔任官僚，走的路完全不一樣，但至少比千紗這些年輕律師更明白世界的遊戲規則。這起案件的確彰顯出正義，而且，這場勝利儼然證明了真山所率領的菲亞頓法律事務所的實力。

「在陪審員面前也是需要演技的，妳可以擔綱女主角了。」

「女主角？……沒辦法，我太平凡了。」

望著玻璃窗上映出的身影，千紗不禁在內心嘟囔：「不可能的。」

「那就多做些成績出來。」

真山拿出準備好的資料。

「又有案子進來了。這案子更大喔，要不要試試看。」

「我看一下。」千紗翻閱資料。光看到躍入眼簾的目錄，手便停了下來。「綾川事件再審聲請資料」。二十一年前的女童誘拐殺人事件。凶手被捕，判處無期徒刑，目前還在服刑。

「妳也是香川縣人吧？」

「嗯……」千紗含糊地回答，慢慢抬起頭來。千紗的老家在香川縣，父母仍在龜丸市經營一家烏龍麵店。她尋思，我當然不可能忘記這起小學時發生的命案。被逮捕的凶手叫做平山聰史，是一名小學工友。只不過，這並非冤案，和推落幼童致死案在本質上並不相同。況且，不是早就結案了嗎？

真山彷彿看出千紗的想法，慢慢點頭說：

「我認為這起案件值得做。」

「您的意思是，可能是冤案？」

「凶手堅稱自己是無辜的，我們總不能視而不見吧？松岡律師，我想把這案子交給妳，妳願意接嗎？」

菲亞頓法律事務所有多位經驗豐富的律師，也有專辦刑事案件的名律師。為什麼是我？千紗滿腹疑惑，但最終還是將問題吞了回去。真山究竟調查到什麼程度？了解到什麼程度呢？

「接或不接由妳決定。要是覺得力有未逮，直接拒絕也無妨。」

儘管自己打贏了一場眾所矚目的官司，成功為被告爭取無罪判決，但是將一起再審案輕率地交給連製作答辯狀都手忙腳亂的菜鳥，如此看來，真山怕是別有居心……？雖然一肚疑問，千紗的內心已經有了答案。

「我願意，請讓我承接這起案件。」

千紗應允後，真山露出「意料之中」的表情，大大點著頭。

好不容易忙完答辯狀與各式書狀，打算回家時已是翌日。

窗外才下過雨。

綾川事件是冤案的可能性……雖不知真山的意圖，但他想速戰速決。準備時間只有一週。「有任何困難盡管說，我會全力支援。」

千紗回到家。這是一棟大門自動上鎖的女性專用大樓。晚餐只啃了幾口麵包，肚子已經餓了。但睡前進食容易胖，只好忍耐。將薰衣草入浴劑丟入浴缸，充分泡了場熱水澡，再稍微拉個筋伸展熱呼呼的身體，然後鑽進被窩。

身體很疲倦，頭腦卻很清醒。

臥室裡有香氛蠟燭，小邊桌上還有能量石等助眠用品，但就是睡不著。其實心知肚明，就是因為接了那個案件。

千紗拿出精神科診所開給她的藥，盯著好一會兒。

醫師叮囑這種安眠藥並非藉由弱化大腦機能助眠，而是加深既有睡意，因此副作用較少；但這種藥也容易讓人做夢，必須特別注意。猶豫半天，還是決定不吃，直接蓋上棉被。

深夜三點。還是睡不著。

前幾天在地下鐵的月臺等車時，差點失足摔下月臺。失眠是慢性的，眼睛充血就是長期失眠造成的。千紗每天早上都在眼窩仔細塗上遮瑕膏。但再這樣下去，說不定哪天又會倒在月臺上。千紗不再堅持，手伸向藥箱，在心中暗自祈禱。

拜託拜託，別讓我再做那個夢，別讓那可怕的怪物攻擊我。

2

俯瞰波光瀲灩的瀨戶內海，攤開審判資料。

在快速列車「Marine Liner」上，千紗拿出真山給她的資料，拆開綁繩。這起案件發生於二十一年前，地點就在老家丸龜市一帶的綾川町。

被害者池村明穗，當時年僅七歲。資料中也有她的照片。女孩綁著雙丸子馬尾，嘟起嘴巴，相當可愛。這張照片常被媒體使用，大多數民眾幾乎都看過，加上髮型和當時的人氣動漫角色一樣，予人幾分懷舊感。不知為何，千紗總覺得女孩有點神似自己。

可憐的女孩遭人以一件孩童背心內衣塞進嘴裡，窒息身亡。多麼淒慘的凶殺案。警方在平山的車內發現池村明穗的頭髮，而他也在偵訊時坦承行凶；儘管公審時翻供，最後仍被判處無期徒刑。光從資料判斷，平山無疑是凶手。

案發當天，池村明穗放學回家後，發現素描簿留在教室，於是返回學校。那時已是傍晚五點。導師、教務主任等多名老師皆可作證，時間不會有錯。從池村家走到學校，路程約十分鐘。

到了晚上六點，明穗的母親仍不見女兒回家，便沿路到校找人，隨即在學校旁的髒水溝邊找到埋在草叢裡的素描簿。母親最初以為明穗失足掉落河中，連忙和祖父母在附近拚命尋找。然而，明穗就這麼失蹤了。

報警時間是晚上近七點。不只明穗就讀小學的教職員，還動員了義勇消防隊及他校教師協尋。此時只有學校的工友平山沒聯絡上。平山就住在學校附近，當時他的車不在家門前，可以肯定是開車外出。

隔天，在草木拔高的綾川河岸發現了遺體。明穗身上有受到性侵的跡象，而且顯然是被凶手以女童背心內衣塞進嘴後，行凶棄屍。但是陰道內並未發現體液。經過司法解剖，推斷死亡時間為遭誘拐當天的晚間六點至八點。

儘管平山否認犯行，檢警卻在他的車內搜出了明穗的頭髮，基於這項鐵證，況且他在偵訊時也一度認罪，加上現場檢證時明確指出棄屍地點；就犯行狀況來看，連日本律師工會都認定一無冤案的可能。

才讀了這些就覺得有點鬱悶。千紗闔上資料，遠眺瀨戶內海群島。

不久，電車減速，進入四國。飯糰模樣的青山躍入眼簾，是人稱「讚岐富士」的飯野山。讚岐平野可見幾座小山，也有許多水池。終於回來了，沉重的心情稍微輕鬆了些。

在坂出車站換車，再到丸龜車站下車。走出車站，雖然沒下雨，天空卻是一片沉甸甸的雲。

丸龜城吸引了千紗的目光。車站附近林立市公所及法院，可看到不少上班族身影。千紗深呼吸，上東京已經十一年了嗎……？

「請問，妳是松岡律師嗎？」

「是的。妳是……？」

「啊，我是香川第二法律事務所的穴吹英子。我想松岡律師應該沒來過我們事務所，所以過來接妳。」

「哦，妳好。」

「我載妳到事務所吧。」

千紗道謝，坐進副駕駛座。

「真沒想到松岡律師這麼年輕。」

「除了年輕一無是處呢……」

穴吹沿路聊起了許多香川第二法律事務所的事，感覺很好相處，千紗稍微安下心來。

事務所位於丸龜市的一棟大樓內。

這是一棟建於昭和時期的白色鋼筋水泥住宅，外觀破舊，牆面還可見裂痕。玻璃窗上以白色膠布貼出「香川第二法律事務所」的字樣。名稱取得響亮，但絕非一間大型法律事務所。

自動門看似艱難地打開。迎面是一座屏風，上頭貼著請求歸還高利貸的老舊廣告。屏風對面坐著一名男子，魁梧的體型卻頂著一張小臉，比想像中來得蒼老的臉。男人正抓著筆尖掏耳朵，似乎正在寫訴狀。

「熊大哥，好久不見。」

一出聲，熊弘樹便如小動物般東張西望。千紗大力揮手，他才終於看見。

「千紗？」

熊露出皺成一團的笑容歡迎。

「大駕光臨，太好啦！我都聽說了，妳打贏那場推落幼童致死案的官司，真厲害，已經是衝上雲霄的頂尖人物了。」

「沒有啦，我才不是……」

「各位各位，松岡律師駕到嘍！」

熊一喊，隨即響起整齊不一的拉炮聲「砰！砰！砰！」。「歡迎松岡律師」的垂幕恰似無罪判決時那樣高高掛著。

「本來想好好招待妳，沒想到妳提前來了。」

熊與香川第二法律事務所全體同仁對於千紗的來訪相當熱情。有的主動找她握手，年輕的事務員甚至還向她索取簽名。

辦公室裡掛著一張滿面笑容的老人照片，前方供著香川名產「灸饅頭」。老人的暴牙微微突出，予人相聲演員的氣質。

平山的前任辯護人就是這位已故的律師吉田九十郎，而吉田正是香川第二法律事務所的創辦人，因此千紗特地前來尋求協助。明明只打算待上一小段時間，卻意外受到熱烈歡迎，千紗不覺難為情起來。

不久，一名中年男子冷不防衝進事務所。

「熊大哥，我去善通寺還願，買了一些土產。」

據說熊在一場民事訴訟中幫了男人很大的忙。男人拿出點心，將一堆叫做「石頭包」的硬麵包放在熊的辦公桌上。

「根本賄賂！」

一旁的事務員邊笑邊圍住熊的辦公桌。

「哇，這麼多，我哪吃得完！」

「可不能獨吞喔。」有人吐槽，惹得眾人哈哈大笑。熊是千紗的小學學長，大她五歲，總樂於照顧人，學童排路隊上下學時，還曾擔任路隊長。千紗對當年同校學生都親密地喚他「熊讚」、「小熊」一事印象深刻。

等千紗詳細詢問案件的來龍去脈後，熊便開車送千紗回到老家附近。熊在小學時，被譽為該校有史以來的首位秀才。他本來想當法官，但在攻讀司法課程時，覺悟到自己不是那塊料。

「十歲是神童，十五歲是才子，過了二十歲就只是個普通人。像千紗這樣真正厲害的人，都是長大後才出人頭地。」

「哪有，熊大哥才了不起。」

「我覺得我這樣很好。我沒辦法和菲亞頓那種大事務所裡聰明絕頂的律師同僚較勁，我的胃會痛死。」

千紗微笑。

「這裡還不錯呢。」

「還可以啦，就是沒啥法律事務所的樣子。」

熊口氣輕鬆地說著。

同為法律事務所，氣氛卻南轅北轍。菲亞頓有龐大的判例注釋書，辦公室以功能分類，每位律師都有專屬的空間，資料庫的檢索系統相當完備。但也因所內律師、事務員、專家太多，不時會發生叫不出同事名字的窘境。這裡不同，就像自己家裡一樣，是融入在地人情的律師團隊，大小事皆能討論。

「對了，那件再審案，妳打算怎麼進行？」熊邊開車邊問千紗。

「我想先去面會平山聰史。」

學生時代，千紗曾以志工身分參與洗刷冤案的人權活動。活動由多位律師聯名發起，並且確實分工。經過長期抗戰，地方法院終於同意再審聲請。儘管千紗當時只是個微不足道的小志工，卻感到興奮至極。

然而面對這起綾川事件，千紗完全不見那樣的熱情。

順帶一提，千紗先前義務辯護的一樁案件，冤案可能性極高。儘管如此，檢方仍對高院提出即時抗告，所幸後來遭到駁回，又費了一番工夫才重啟再審程序，最終獲得無罪判決。遺憾的是，被告已於審判期間病逝，無緣聽到無罪判決。可見再審無罪定讞的難度相當高。

到了郵局前，千紗開口：

「啊，熊大哥，停這裡就行了。」

停車後，熊有點擔心地看向千紗。

「雖然剛剛在事務所的人面前沒說什麼，可是千紗，妳當年的遭遇……處理這案子真的沒問題嗎？」

千紗低頭，很快又恢復笑容。

「這是我想做的事，沒問題的。」

「哦，覺得難受時可以找我說說話，別太勉強自己。」

道謝後，千紗便與熊告別。

丸龜市郊外一間讚岐烏龍麵店「月園」燈火通明。這家店通常只營業到傍晚，今天比較特別。時隔一年回老家，雖然已經打電話通知父母，卻沒立刻進店裡，而是站在外頭窺探。店內空間不大，僅坐著幾名熟客和鄰居，母親正忙碌地接受點餐，父親則是單手拿著長筷煮麵條。

「呷飽袂——」

身後傳來了家鄉方言的問候聲。千紗吃了一驚回頭，原來是認識的兩名中年男子，都穿著工作服，像是剛下班。兩人一臉訝異。

「這不是千紗嗎？」

一被認出，千紗不自覺點點頭。

「果然，真了不起啊，前幾天還上新聞呢！」

纏頭巾的男子在千紗回答前開口：

「回家很好，只是還在考慮什麼時候進門才好吧？我懂妳的心情。但別想太多，就進去吧！」

千紗半被推著似的進入店內。

「歡迎光臨！」父親粗獷的嗓門夾雜著母親低啞的招呼聲。

「頭家，千紗凱旋歸來嘍！」

纏頭巾男子一喊，店裡客人的視線全都移向千紗。隔了一會兒，穿圍裙的母親才微笑說：「妳回來了。」遲了一拍，掌聲與歡迎聲齊揚。

「千紗，歡迎回來！」

「哦，大律師衣錦還鄉！」

「千紗已經是個大人物嘍！」

一名戴眼鏡的客人高喊：「今天要好好慶祝！」又加點一堆啤酒。客人陸續進門。應是父親早向客人宣傳了千紗今天回老家的消息。

「只要請千紗幫忙，老子欠的一屁股債也能一筆勾銷吧？」

「拜託，你那個不行啦！」

好久不見這些鄰居，雖然臉上都添了幾分歲月的痕跡，但還是和千紗幼時一樣溫暖。其中幾位只在小學時期見過，如今也長大了，千紗看著不禁懷念起來。

「啊，呷足飽！轉來睏嘍！」

晚上十點。高聲歡鬧的客人終於回家了。順帶一提，「呷足飽」和「轉來睏」是老家的方言，前者意為吃得很飽，後者則是回家睡覺。果然有回家的感覺。

小小的慶祝結束了。

不知幾年沒洗過店裡的碗盤，千紗邊洗邊看著母親那眼角擠出紋路的笑容。

「弄到這麼晚，歹勢，明天還要工作吧。」

「嗯，勿要緊，歡喜啊！」

可能是回老家後心情放鬆下來，千紗也說起了久違的家鄉方言。

排好碗盤，將蘇打粉撒進洗碗槽，脫下圍裙，收工。

「有事得回來調查，大約待一星期。之後應該還會再回來幾次。」

「妳的工作真辛苦，真的沒問題嗎？啊，不好意思，說好不談工作的。」

「謝謝關心，我沒事啦。」

「我只希望妳平安健康。」

千紗點點頭。父親正在一旁默默地準備高湯。父親一貫沉默寡言，但千紗聽客人說，父親一向將千紗的事擺第一位。千紗輕聲對父親說：「我回來了。」父親沒回頭，也輕聲說：「回來就好。」

千紗往店鋪後方走，向佛壇上的祖父母問安，然後上了二樓回自己的房間。書桌上擺著凱蒂貓的文具和可愛的動物布偶，還有母親讀床邊故事的繪本、漫畫……絲毫未動過般擺在原位。

千紗不禁覺得回家真好，心情由衷感到平靜。其實，律師人數始終存在著城鄉差距；而千紗並不想一直待在菲亞頓那種都會型法律事務所，她更想回地方幫助需要幫助的人。

總有一天我會回來的，千紗邊想邊蓋上棉被。棉被才剛曬過吧，散發出陽光的氣味。對了，曬棉被向來是父親負責。千紗在內心默默向父親道謝。明天就要去見平山了，目前就是投入這起案件，全力以赴。

向父母借了小車，千紗緊握方向盤開了一段路。

陰天，久違的兜風。起初打算去平山的家，但那房子已經夷為平地。平山家世代皆為僧侶，直到祖父一代才開了間豆腐店。平山的父母在平山就業後雙雙去世。平山還有個妹妹，據說，妹妹承受不了哥哥犯下重罪的衝擊後自殺了。

途中，千紗先去大賣場買了一束花，接著朝學校方向駛去。池村明穗就讀的綾川小學當時是新落成的學校，如今建物已經老舊。在上體育課吧，穿著體育服的學生正和老師一起打躲避球。

千紗順著附近的河流緩緩北行。

小橋旁的河岸立著一尊地藏菩薩，前方擺著供花。千紗停好車，滑下坡岸來到地藏菩薩旁。既然接下了綾川案，無論如何都要來一趟。

這裡是發現池村明穗遺體的現場。千紗供上鮮花，雙手合十，想著明穗的遭遇。

光想像便淚水盈眶。好可怕吧、好痛苦吧……怎麼會有如此慘絕人寰的犯行！女孩明明沒做錯什麼，明明只是喜歡畫畫，因為想畫畫才回學校拿素描簿而已。而我目前能做的，就是站在這裡祈禱……
千紗佇立好一會兒。時間差不多了，必須趕去面會。
駛上橫跨瀨戶內海的高速公路進入本州，穿過岡山市中心後繼續前行，終於出現隱蔽於小山群中的岡山刑務所。
隸屬廣島矯正管區的岡山刑務所，是可收容千人以上的大型監獄。所內收容的多半是「LA指標受刑者」，即刑期十年以上且無進一步犯罪傾向的囚犯。這類型監獄在日本出奇得少，屬於初犯又被宣判無期徒刑的平山，理所當然關在這裡。
「啊，您是律師，那麼請在這裡登記。」
千紗已事先提出面會申請。將車子停在停車場，辦理相關手續後，便在獄警帶領下前往面會室。
千紗有過幾次在警察局面會的經驗，但在監獄還是頭一遭。有別於朋友、親人的面會，律師面會時，獄警會待在另一個空間。千紗和平山之間，僅隔著一面鑿穿許多小洞的透明壓克力板。
不久，對面的小房間裡出現一名膚色蒼白的男子。大大的光頭上看得出幾絲白髮，睡眼惺忪的眼皮讓五官顯得平板。照片中的平山蓄著邋遢的鬍碴，十足罪犯模樣，但實際一看，不過是個平凡無奇的中年男子。

狹小的空間裡剩下千紗和平山兩人。彷彿才意識到這一點，千紗緩緩抬起頭，內心閃過一絲恐懼，動彈不得。想開口卻說不出話，告知面會結束的按鈴映入眼簾。

不行，至少笑一下吧。千紗正想擠出笑容，整張臉卻像冰凍的玫瑰般僵硬。儘管平山主張自己的清白，但他畢竟是因犯下誘拐殺人——死者是一名無辜女童——而入監服刑的嫌犯，而且，搞不好他……

我在做什麼？我為什麼會來這裡？當初到底是為了什麼才去當律師？

平山詫異地盯著千紗。千紗急著開口卻說不出話，只得抬起鞋跟狠狠地踢自己的腳踝。好痛！但疼痛總算逼出了聲音。

「我叫松岡千紗，是菲亞頓法律事務所的律師，我來協助你打再審官司。請多指教。」

平山雙眼無神像是快睡著一樣，聽罷便猛地點頭說：

「請多指教。」

第一印象，這個男人看起來很老實。

「再審官司之前，要向你確認一些案件細節。」

平山默默點頭。

「我就直說了。」

千紗盯著平山。

「平山先生，你當年誘拐了池村明穗，然後殺死她，對嗎？」

平山回答：「不對。」表情幾乎沒變。這不是在測謊，看不出他的心理反應，但千紗還是追問：

「傳聞指稱你曾經偷拍女性，這是真的嗎？」

「毫無根據。」

「我了解了。我會進行無罪辯護。平山先生，為了掌握事實真相，我必須對你提出許多難堪的問題，但都是我發問很不公平吧？那麼，我先來談談我自己。」

為了拉近與被告的距離，千紗開始自我介紹。

「我小時候不太會念書，直到上了大學才立志當律師。我想為弱勢發聲，因此大學畢業後仍繼續研讀法律。」

平山像個無聊的學生般，手托著下巴，毫無反應地聽著。

「平山先生，你為什麼想在學校工作呢？」

「沒什麼特別的，只是剛好找到這份工作。」

平山表示，父親生前從事教職，才幫他找到了這工作。工作後，父母相繼過世，案發當時，他和妹妹住在一起。

「你喜歡工友的工作嗎？」

「還好，沒特別喜歡或不喜歡。」

根據調查，平山的工作態度一般，不會無故缺勤，也不顯得格外積極。但傳聞指控他曾偷窺游泳池的更衣室，也有民眾向警方通報他偷拍女學生。戀童癖？究竟真相為何，無人知曉。學校教職員工對他的評語則是：「看不出內心在想什麼的人。」

刑警的看法不難窺知。池村明穗的案件之外，這一帶還發生了兩起少女失蹤事件，平山說，警方懷疑其中一件也是他犯的。他在池村明穗就讀的小學當工友，又遭人指控戀童癖，而且他在明穗的死亡推定時間內行蹤不明……種種跡象讓警方高度懷疑他就是凶手。

「我們來談談這個案子。案發當時，你在做什麼？」

「開車兜風。」平山嘆了口氣回答。

千紗默默點頭。平山在供述筆錄中坦承誘拐殺人，到了法庭卻翻供，宣稱案發時間他正在開車兜風。但這種說法難以成為不在場證明。

千紗再問了一些公式化的問題後，面會時間到了。

「松岡律師，謝謝妳過來。但……這場再審很艱困吧？」

「別說喪氣話，我們一起加油。」

「再關個十幾年，搞不好就能出去了，現在除了等，還是等。」

無期徒刑的受刑人能否出獄，保證人是要件之一，近年的案例都須服刑三十年以上，經過嚴格審理才能獲得假釋，之後也得長年在保護司的監護下生活。千紗明白自己還會再來監獄幾趟，辯護活動才正要起步。按下面會結束鈴。

「可是，我還能活到那時候嗎？」

留下這句話，平山轉過身去。才四十六歲，卻顯得異常衰弱。千紗再說一次「我們一起加油吧！」，但平山似乎沒聽到。

實際見面之後，千紗覺得平山只是個老實人。

可畢竟自己從未與窮凶極惡的殺人犯直接對話，千紗無從比較。平山予人最深刻的印象是：心死。澈底心死。但光憑這個印象，也難以判斷他究竟是不是真凶。

夕陽西下，千紗回到老家的烏龍麵店「月園」。

「啊，妳回來了。」

明明以車代步，卻覺得很疲倦。說好一週內有進展便延長出差時程，否則先返回事務所討論下一步。今天是第一天，真的會有收穫嗎？千紗走進浴室，回想調查方向。

可能的話，想要求對頭髮這項定罪證據進行ＤＮＡ重新鑑定。當年ＤＮＡ鑑定仍沿用MCT118型檢驗法，準確度較低。警方雖認定在平山車內找到的頭髮屬於池村明穗，但真的是那孩子的嗎？只不過沒有特殊理由，很難申請ＤＮＡ重新鑑定。

倘若這條路行不通，那麼，自白呢？

檢方定罪的另一項關鍵，就是平山在警方偵訊時做的自白。平山於案發後第十二天自白，並在隨後的現場檢證中指出棄屍地點。此舉等同「事蹟敗露」而強化了有罪認定。然而，平山自白前的偵查過程依然存在不少疑點。要不然就從這一點著手？

首先以申請ＤＮＡ重新鑑定作為突破口，證明頭髮並非池村明穗所有。看來，只剩下這條路了。況且，眼前還有好幾道關卡得一一克服。再審需要多少年能沉冤昭雪呢？好難……真的好難啊。才第一天，千紗就有觸礁的挫折感。

一躺上床，睡意濃濃襲來。

自然是因為疲憊，但也和回老家後身心放鬆下來不無關係。心情變得輕鬆後，不吃安眠藥也能入眠。千紗墜入深深的睡意之中。

這晚，做夢了。

千紗翻身仰臥，望著天花板。

這是哪……我怎麼會睡在這裡？滿頭霧水，但很清楚不能就這麼待著，趕緊爬出棉被。

身旁傳來女孩的悲鳴。沒錯！絕對不能待在這裡！再待著就會被殺掉，因為這裡住著一頭怪物。

千紗奪門而出，在山路上狂奔。

背後傳來恐怖的聲音，回頭一看，一頭瞪著雙大眼、咧開血盆大口的怪物緊追在後。那鼻子像西洋劍般尖利，兩道鋼鐵般的粗眉向上吊起。驚人的大嘴裡迸出兩根比山羊角還大的獠牙，口水像瀑布般流淌著。千紗片刻不敢停下腳步，不住奔跑。救命啊！

「千紗！千紗！」

被叫醒了。母親擔憂地俯視她，站在門後的父親同樣露出不安的神情。

「就知道妳還是會這樣。」

一身冷汗。又做夢了？睡在隔壁房的父母八成聽到了尖叫聲才跑過來。今天沒吃藥。明明是教人安心的老家，卻還是做了噩夢……難不成要糾纏我一輩子嗎？

千紗雙手覆住汗溼的臉龐。

3

有森義男一邊翻閱車禍事故的資料，打起了哈欠。視線移向窗外，一隻黃喙鳥正在大樹上築巢。花鳥風月。從前對鳥類無感，眼下倒是多了幾分興致。已經和朋友約好了，這是有森的人生初體驗，下回要到琴平山賞鳥。

在這個年金請領年齡不斷後延的時代，人人都說幹警察這一行很不錯了。的確，比起其他行業，警察退休後可從事的工作選項很多。有森一些同期友人長年待在警務部，退休後換到醫院，雖然只是做些微不足道的差事，但過得優游自在。有森目前在民間被害者支援中心服務，屬於義務性質，不支薪。

有森將資料擱在桌上。有人敲門。

「請進。」

進門的是一對四十歲左右的夫妻。丈夫攙扶著妻子緩步走過來，在椅子坐下。根據資料，這對夫妻的兒子車禍身亡，兒子還只是個小學生；肇事的男車主因酒駕被依「危險駕駛致死傷罪」判刑。

有森拿起小茶壺泡茶，將茶杯遞給兩人。

「今年冬天好冷，最近才稍微暖和點。」

一如在偵訊室面對嫌犯，先聊天氣，再切入正題。只見妻子悲傷地低頭不語，由丈夫說明這起不幸的事故。

「……就是這樣，我兒子在前往學校游泳池途中，被一輛卡車撞死了。到今天都要一年了，我還是不敢相信。」

「我知道這很痛苦。」有森流露出理解的表情專注傾聽。

「起初，那人堅稱是我兒子突然跑向車子，所幸經過警方一番蒐證後，證實錯不在我兒子，同時查出對方酒駕。哪裡想到那傢伙後來態度一百八十度轉變，在檢警面前佯裝一副老實的模樣。」

丈夫說得咬牙切齒。即便收到對方的道歉函，依然無法釋懷。豈止如此，每每說到此事便怒不可遏，還氣得將道歉函撕碎扔掉。

「我絕不原諒那傢伙。」

有森深深點頭，丈夫再補一句：「混帳！」然後伸手抹著眼角。此時，始終垂著頭的妻子終於抬起臉來看向有森。

「車禍那天，那孩子說頭有點痛，但還是要去游泳。我問他還好嗎、要不要在家休息，他說沒事，想趁暑假好好練習，要游到二十五公尺……」

才說到一半，妻子就痛哭失聲，丈夫輕輕撫摸她的背。眼前的情景令有森十分傷感。三十三年前，他的女兒也在一場車禍中喪命，肇事原因與這起事故一模一樣。當日發生的一切，至今依然無法忘懷。

「直到現在我依然很後悔，要是當初強行阻止他去游泳，就不會發生這場不幸。」

不是你的錯。說安慰話很容易，但這對夫妻所承受的痛苦不可能如此輕易抹去。有森努力傾聽，並對交通事故被害者的自助團體做了若干介紹。

「謝謝。」

談話一小時後，夫妻離開諮商室。

有森不時會思索，難道不能說一些更能幫助對方的話嗎？在支援人員研修的課堂上，講師反覆強調站在被害者家屬立場傾聽的重要性，但自己真的做到了嗎？話說回來，倒是完全沒想到做這份工作之後，對自己表達感謝的人這麼多，值得欣慰。或許是女兒也因車禍身故才能將心比心吧。有森認為，幫助同樣曾經歷痛苦遭遇的人們，也形同幫助了自己。

在被害者團體的不斷努力下，十多年前，被害者支援的必要性終於獲得大眾認同。被害者支援中心成立即是其間成果的一環。

這天依然是和犯罪被害者們談話到下班。

「有森先生，辛苦了。」

「哦，阿勉，下次一起去喝一杯吧。」

連大樓管理員也交上了朋友。

有森曾在警界服務，退休時的官階為「警部」。整個刑警人生雖平凡無奇，但他毫不後悔，因為獲得不少後輩的敬重，眼下日子也過得相當充實。

有森沒有家人，如今他唯一牽掛的是一名被害者遺屬。儘管凶手已經入獄服刑，但她內心的傷痛仍未痊癒。

朝停車場走去，望見一名五、六十歲的女人正盯著樹上瞧。

「是鶺鴒嗎？」有森開口。女人回頭，噗哧一笑。

「不是啦，是銀喉長尾山雀。」

又錯了！其實原本就沒打算猜對，只是想看她的笑容罷了。

遇見她是二十多年前的事了。兩人的立場就是刑警與被害者遺屬這種最尷尬的組合。

「有森先生還是記不住鳥名呢。」

「哦……我們之後有個退役警官的聚會，要去金比羅山賞鳥。我看我這程度，實在不妙啊，要是夜遊森林賞鼯鼠的話，勉強還行。」

有森對鳥類毫無興趣，都是因為這二十一年來偶爾和池村敏惠談天，才逐漸能聊一些鳥的話題。他這麼做，無非是希望眼前這名背負傷痛的女人往後不再企圖尋短，澈底振作起來。

雖有共同話題，卻也聊不久，話題常常突然中斷。但兩人之間就算保持沉默，相處的氣氛依然怡人。

「那麼，再見了。」

「嗯，再見。」

有森離開支援中心，開車回家。夜幕已降下。

二十一年前，池村敏惠失去了女兒。說要回學校拿素描簿的女兒，當時才七歲，從此再也沒有回家。

綾川署成立搜查本部，賭上警察的威信全面搜查。有森當時還是搜查一課的刑警，與綾川署另一名刑警今井琢也聯手偵辦，最後鎖定一名叫做平山聰史的工友。

綾川小學曾發生多起學生的內衣、泳裝、體育服遭竊案件，在學生和家長間也有平山曾偷拍女學生的傳言。此外，不久前鄰近一帶發生兩起少女失蹤案，其中一起案件的目擊民眾更直接指認平山為嫌犯。眼看各種跡象指向同一人，搜查本部立即鎖定平山。

平山被捕後否認犯行。公設辯護人是一名年老的當地律師，嚷嚷著要聲請停止羈押，但理所當然遭到拒絕，沒多久，平山便認罪自白。

不料上了法庭，平山卻翻供，最終法官並未採信，仍判處無期徒刑。倘若考量犯行的凶殘與對遺族造成的痛苦，判處死刑一點也不為過，但因被害者僅一人，且誘拐後未要求贖金，於是免去死刑。

那年敏惠三十七歲。結婚雖早，肚皮卻始終沒動靜，好不容易才蒙上天恩寵得一獨生女。案發那年丈夫已五十多歲，因受不了喪女之痛而早逝。

敏惠對於自己未能陪同女兒回校拿素描簿一事懊悔不已，企圖自殺。有森記憶深刻，他發現敏惠割腕後，急忙叫救護車送醫，然而敏惠隨後就在他面前崩潰了，不住哭喊著為何不讓她死去。

敏惠後來參加了遺族團體發起的運動，要求對加害者判處重罪。幾年前，她來到被害者支援中心服務。有森打從刑警時期，便深感自己有照顧她的責任。每個人都有屬於自己的生活方式，讓自己足以獲得幸福的方式。強迫別人不得尋死，或許真是管閒事也說不定，但無論如何，有森還是希望每個人都能好好地活下去。

在超市買了些熟食。每天都是獨自吃晚餐。有森選的養老住所，是一棟位於高松市郊外，坐落在田園風景中的小透天厝，可聽見山鳩鳴叫。他喊了聲：「我回來了。」走進空無一人的家。

除了買回來的熟食，他再將醃蘿蔔切絲，在平底鍋裡炒過。這是他最愛的一道菜，也是唯一會做的菜。不知不覺早已習慣了這種日子。如今年近古稀，身體一天不如一天，這樣的生活應該會延續到自己死去吧。

隨意看著錄起來的世界珍奇野鳥節目，手機響起。來電顯示為「瀨戶口規夫」，是幫有森介紹目前工作的前檢察長。正要接起時通話卻斷了，於是有森回撥。

「啊，有森先生嗎？」

瀨戶口立刻接起電話。

「不好意思啊，剛剛突然就切斷通話。你現在忙嗎？」

「不忙，我沒事，正胡亂看些野鳥節目。」

幾乎就是遇見敏惠那時期，和瀨戶口結識於二十一年前。綾川事件發生時，瀨戶口擔任高松地檢的第三席檢察官，重要案件大多由他處理。他素來一副與世無爭的態度，還不時自嘲：「我又不是紅磚組*。」可最後仍坐上檢察長的大位，足見高深莫測。

無論如何，在綾川事件時，瀨戶口檢察官積極且充滿熱忱，始終秉持現場主義，展現為正義不畏艱難的男子氣概。

「在中心做得如何？內勤工作較多，身體變懶了吧？」

「哪裡，很符合我的年齡啊。這把年紀還在外面衝是不自量力。」

「我們都老了。」

瀨戶口不可能光為了找他閒聊而打電話來。眼下的緩衝，代表接下來要談重要的事。

有森不禁尋思。

「瀨戶口先生，有什麼事嗎？我會盡力而為。」

「不是什麼急事啦……但還是先通知你比較好。」

「什麼事？」

一追問，瀨戶口停頓半晌。電視傳來厄瓜多的野鳥叫聲，很吵，有森按下靜音鍵。

「是綾川事件，好像有人要提再審聲請。」

有森眉間一皺。

「再審聲請？最近的事？」

記得那案子是由一名資深律師進行辯護。聽說是個開口閉口都是人權的老頭子，前不久過世了。

「真山健一開始動作了，要讓綾川事件再審。」

有森一言不發握緊手機。據說，真山和那個愛做夢的老頭子不同，是個理性的現實主義者。他有動作了？掌握到什麼線索了嗎？瀨戶口目前就任職於菲亞頓法律事務所，他的消息準沒錯。

「有森先生，今井現在怎麼樣？」

「聽說都一把年紀了，還整天花天酒地。但那是我很久以前聽來的，近況就不清楚了。」

今井是綾川事件時和有森搭檔，將平山逮捕歸案的刑警。

「哦，那傢伙應該沒問題，我擔心的是你，有森先生。」

聽瀨戶口這麼一說，有森不禁皺起眉頭，追問為什麼？

「抱歉，冒犯了，但我並非懷疑你的能力。我會擔心，是因為你和那傢伙不一樣，你

＊日本檢察官的升遷管道分為「紅磚組」與「現場組」。「紅磚組」指長期在法務省工作的檢察官。之所以稱「紅磚組」，是因為法務省的舊本館建築由紅磚砌成。一般而言，相對於「紅磚組」，「現場組」較難出人頭地。

是好人。今井那種人，不會說出對自己不利的事，但你富有正義感……」

原來如此。明白瀨戶口這番話的意思了。他怕有森一被追問起來便露出馬腳，於是特地打電話叮嚀。

「不可能，瀨戶口先生。」

一口否定後，瀨戶口語塞。

「我不會說的。況且，就是平山殺了池村明穗。」

「我了解了。總之，情況就是這樣，你要有心理準備。」

通話切斷。有森將手機放在桌上，慢慢讓身體陷進沙發。時光飛逝。綾川事件中慘遭殺害的池村明穗若還活著，也要三十歲了。

有森認為自己的刑警人生過得算順遂，唯獨一件事染上了汙點，就是綾川事件的偵查過程。

即便如此，他依然確信平山殺害了池村明穗。就算偵查手段有瑕疵，也不會動搖真相。時隔多年，萬一真的通過了再審聲請，平山又獲判無罪，誰笑得出來呢？沒有人吧。眼前浮現池村敏惠的容顏。絕不能讓她再次經歷同樣的悲傷。對，就算瀨戶口沒打這通電話，我也會將那件事帶進墳墓。

電視上一群不知名的野鳥，持續鳴叫著聽不見的聲音。

4

等紅燈時，抬頭照了照後視鏡。

稍微挪開眼鏡，只見眼白充滿血絲。千紗邊看向窗外邊打哈欠，讓大腦多點氧氣；只是，這下連停在一旁的卡車大叔都看見自己在打哈欠的模樣了。

但沒閒工夫管這些了。這四天下來，只有第一天睡得比較好，嚴重睡眠不足。都回老家了，還是夜不成眠，老是被噩夢驚醒。不行。沒時間想這些事，必須專注在案件上……

手機來電。

千紗將車子開到路邊，拿起手機查看，是香川第二法律事務所的熊弘樹。

「千紗，妳目前進度如何？」

「一事無成。」

「哦，果然，我也完全沒進展。」

這四天，千紗全心投入綾川事件的調查工作。平山主張案發時正在開車兜風。千紗請他回憶那天的路線後，又自行開車繞了幾次。只不過，前任辯護律師吉田九十郎早已查過這條證詞，千紗沒有新發現。

「熊大哥，我會再想想辦法，所以……」

「別客氣，有事就說，我會盡力幫忙。」

道謝後，千紗掛斷電話。

找不到足以證明平山不在案發現場的新證據，但那份供述筆錄的確存在著疑點，那就是認罪自白的時間點。直到偵訊的第十一天，平山一概否認犯行，卻在第十二天突然招供。千紗覺得事有蹊蹺。

為了向平山問個清楚，千紗再次趕往岡山刑務所。

最清楚偵查過程的肯定就是被告。因此，與被告確實溝通並取得共識極為重要。上回初次見面，不過是些形式上的互動，她並未走入平山的內心世界。凶殘的誘拐殺人犯……或許正是因為她打從心底畏懼平山，不自覺想逃避吧。不行，應該要屏棄偏見，讓自己變成一張白紙來面對當事人才對……

辦完手續，走向面會室，平山已經在那裡等候。

和上次一樣，輕輕點頭致意後，平山便一副強忍著哈欠的模樣，別開了視線。

「平山先生，很遺憾，要找到你的不在場證明很困難。」

「是嗎。」

平山的態度就像聽聞意料中的落榜通知。

千紗按捺下嘆息，再次開口：

「平山先生，我想再問你一件事。其實在綾川事件之前，町上已經發生了其他的誘拐案，你知道吧？」

「哦？我完全不知道。」

像是再也忍不住般，平山打了個大大的哈欠，伸手拔著削得短短的白髮。

「平山先生，你真的想再審嗎？」

千紗一時火氣上來，不客氣地問：

「你為什麼要提出再審聲請？」

「之前的老律師很積極，我就被牽著鼻子走了。差不多是這樣。」

難以置信……因為別無選擇，而勉強接受在小學當工友。難道連這種天大的事也被人推著走嗎？

「平山先生，請你說實話。我知道，你多半認為光憑我這種菜鳥律師，根本不可能打贏再審官司。但這可是攸關你往後人生的大事啊！」

「我知道啊。」

「那你為什麼不說實話？」

千紗再次逼問。平山將捏住的白髮用力拔了出來。

「因為妳也不說實話啊。」

「咦？」

千紗盯著平山的臉。平山看都不看她一眼，視線停在拔出來的頭髮上，卻是根黑髮，平山好似咕噥了一聲：「真無辜呢。」

「你這話什麼意思？在你面前我可是坦蕩蕩的。」

千紗將手按在胸口。平山則是冷眼斜睨著她說：

「妳敢賭上性命這麼說嗎？」

平山將拔下的頭髮吹向壓克力板上的小洞。

「松岡律師，妳有些事瞞著我吧？所以我也不想對妳坦白。」

千紗一時語塞。

不是因為平山誤會她，而是因為這話完全命中此刻的千紗。平山看穿了我的心事嗎？

「平山先生，為什麼你會這樣想？」

「和妳談話的感覺，就像在被刑警偵訊。姑且不論一名律師可以表達出多大的誠意，但多少能看出想幫助當事人的心情，畢竟是工作的一環；但從妳身上我感受不到這份心情，甚至可以說，我感覺妳對我有敵意。」

千紗靜靜閉上眼睛。

這段話讓人痛快。平山說的沒錯，我來這裡的目的，確實和一般律師不同。

「平山先生……」

千紗摘下眼鏡，瞪大充滿血絲的紅眼睛，緊緊盯住平山：

「我不是為救你而來的。」

平山半張著嘴，默不作聲。

「我來的目的是為了我自己。二十一年前，這一帶除了池村明穗之外，先後發生兩起誘拐案。輿論稱帶走年僅七歲的高木悠花的犯人，應該和誘拐殺害池村明穗的凶手是同一人。警方也曾經以這起案件偵訊你吧？至於另一件……」

千紗閉上兔子般的紅眼睛，回憶二十一年前的往事。

那天是町內會舉辦慶典活動的日子。八歲的千紗一身淡黃色浴衣和朋友來到公園，父母在「月園」忙著張羅活動用的美食。雖稱不上大型活動，但公園裡還是來了賣棉花糖、撈金魚的攤販。

擔任町內會長的伯伯拜託千紗跑腿，去商店緊急加購啤酒。千紗點點頭，立刻和朋友跑向附近的商店。途中，朋友說要上廁所而留下千紗獨自一人。就在千紗經過電線桿時，手臂突然被一把猛力抓住，隨後眼前一片漆黑。發生什麼事？連思考的時間都沒有。

等意識恢復後，周遭依然一片漆黑，什麼都看不見，只聽見一絲微弱聲響。是收音機的聲音。身體在搖晃。千紗明白了，自己在車上，不曉得會被載往何處。明明醒來了，為何還是什麼都看不見？呼吸也很困難。當時年紀小不明白，如今回想起來，肯定是被蒙住了雙眼。不僅如此，手腳也被綁住，嘴裡被塞了毛巾之類的東西。我被綁架了。千紗嚇到全身動彈不得。

經過一段漫長的時間，千紗從車裡被抬了出來。她還記得自己被放在一個像棉被般柔軟的地方躺下。好可怕，好可怕。不一會兒，她才發現附近還有別人，她聽見了女孩的呻吟聲。想必女孩也同樣是被綁來的。

驚恐中，千紗瘋狂地扭動身體，一番掙扎後似乎勾到了什麼，趕緊使勁，手上的繩索終於鬆開。雙手自由後，連忙扯掉蒙住眼睛的布條，拔出塞在嘴裡的毛巾，解放雙腳。腦中只有一個念頭：綁架自己的怪物還在這棟漆黑的房子裡監視著。

屋外也一團漆黑。不久，隔壁房間傳來女孩的聲音，聽起來很痛苦。不能再待下去了。千紗拔腿就跑，摸索著進入另一個房間。好像是廚房，瓦斯爐旁邊有面窄窗。月光朦朧地照映屋內，千紗努力伸直背脊，仍然搆不到，幸好眼睛已經習慣幽暗，終於看清腳邊有個垃圾桶。千紗踩在垃圾桶上，奮力打開已呈斑黃的窗戶。雖然只能打開一道縫隙，但她拚命把頭鑽出去，好不容易才像貓一樣連身體也穿了過去，整個人摔在地上，感覺身體下方是一片濡溼的草皮。雖然滾了幾下，但不覺得疼痛。

隔壁房間的女孩現在還好嗎？念頭在腦中一閃即逝。快跑！印象中路邊似乎盛開著油菜花似的黃花。千紗頭也不回在暗路上奔跑，不，已經分不清究竟是跑還是走，只是一步一步不斷向前衝。最後筋疲力盡倒在某處，被警察發現後通報，接下來的事就完全記不得了。

「二十一年前，我也遇到了。」

千紗瞪著血紅的眼睛。

「說不定同一時間，還有其他女孩被關在同一棟房子裡。平山先生，我曾經懷疑你就是綁架我的人，不，現在仍是。」

千紗壓抑激動的情緒，緩緩深呼吸。

「第一次見面時，我說，我小時候沒辦法好好讀書，其實就是因為這個事件。在那之後，就算想讀書也讀不下去。」

案發後，千紗幾乎輟學，經常去精神科報到。所幸在父母和朋友的陪伴下，十五歲時重拾學業。為了補救落後的進度，她沒日沒夜用功苦讀，終於考上大學。

為什麼我要受這種苦？然而轉念一想，能夠活著回家已是萬幸，便反覆對自己洗腦。可是，千紗討厭這種日子，被綁架的陰影揮之不去，即便佯裝沒發生、沒看見，烙印在記憶中的傷痕永遠不會消失。於是，千紗決定直面過去，非做個了斷不可。

父母非常憂心。儘管與孩提時代相比，如今千紗的精神狀況已經好太多了，但她依然做著被怪物追趕的噩夢。那頭怪物的特徵始終沒變，轉個不停的大眼睛、小木偶皮諾丘般的長鼻子、足以吞下一頭羊的大嘴……每個刑警都不禁懷疑，那真的是犯人的長相嗎？他們找來一些照片給千紗指認，但沒有一張符合。千紗至今依然感到困惑，為何會是那樣的怪物？再仔細端詳眼前的平山，其實一點也不像。

怪物長得就像千紗幼時讀的繪本《三隻山羊》中的巨怪格魯夫。想吃掉山羊的格魯夫，最後被一隻大山羊打敗。千紗決定接下綾川事件的再審辯護，就是不想再逃避，要與困擾自己人生的怪物正面對決。

「平山先生，我不是為了幫你洗刷冤情而來，我只是想找出當年綁架我的犯人。我要正面迎戰，打敗那個怪物，就像《三隻山羊》中那隻勇敢的大角羊一樣。」

千紗睜大了紅通通的雙眼，瞪著平山。

「倘若你就是犯人，那麼被判死刑也是罪有應得。但若你是冤枉的，就表示真正的犯人還逍遙法外，我絕對不能容忍這種事。所以，我是為了釐清真相而來，我的目的不是幫助你，完全是為了我自己。」

千紗一股腦兒全盤托出後，緩緩調整急促的呼吸。這是身為律師不該有的動機。但顧不了這麼多，要她繼續隱瞞內心的想法為對方辯護，辦不到。

面會室中一片靜默。平山恐怕也因為這番坦誠而驚訝得說不出話來吧。不清楚真山將這案件交給千紗的居心為何，難道他知道千紗就是當事者？都無所謂了，千紗就是為了與自己的過去訣別，才來到這裡。

約莫一分鐘後，平山終於開口：

「……妳可能是第一個吧。」

千紗聞言，疑惑地望著平山。

「案發之後，沒有任何人發自內心對待我。早早認定我是凶手的刑警和檢察官就別提了，連那名老律師也一樣；即便是來為我作證的高中導師，其實也在懷疑我……」

「我也是。平山先生，我內心真正的想法是，倘若你就是綁架我的犯人，你就被判死刑吧。」我想也是，平山苦笑。

「至少妳沒騙我。我剛說了，可能妳是第一個吧。每個人都對我說，我相信你是冤枉的，但我一看就知道他們是裝的……欺騙、說謊、口是心非，少來這一套！」

平山的眼裡射出熾烈的目光，完全不輸給千紗的眼神。然後他將臉湊近壓克力隔板：

「松岡律師，我沒做。」

千紗沒立即回應，只是抬起眼神逼視平山。不知過了多久，她才輕輕撥開臉上的頭髮，問道：

「你是指殺害池村明穗這件事嗎？」

「不只如此。我沒有誘拐高木悠花，我沒有殺害任何人……當然，誘拐妳的也不是我。」

平山直視千紗的目光毫無動搖。

「我是清白的！」

千紗起身，像模仿平山般，將臉湊近他的眼前。

並不是誰先眨眼就輸了的遊戲，但兩人都忘了眨眼。要是這樣就能確認對方是不是犯人，刑警就不必那麼辛苦了。只是，千紗直覺認為平山不像在說謊。

千紗緩緩吐出一口氣，靜止的時間又流動起來。

「我明白了。那麼，請你將事件的來龍去脈告訴我，連對你不利的事也要老老實實回答我，可以嗎？」

平山點頭，然後輕輕坐下。

此刻的平山，彷彿變了個人似的，一五一十回答千紗的提問。每次回答都經過仔細回想，不像在騙人。

「平山先生，我會再來看你。」

說完，千紗離開岡山刑務所。

千紗心想，為再審無罪而展開的辯護活動，正式起跑了。平山終於願意坦誠以對，回應千紗的告白。然而，真相依舊如陷五里霧中。平山究竟是不是千紗記憶中那頭怪物？怪物的真面目又到底是什麼？千紗緊握著方向盤，往前方駛去。

第二章　針孔與駱駝

1

調查綾川事件已進入第七天，卻幾乎毫無斬獲。

千紗坐在熊的車上，前往觀音寺市。

今天就是調查期限一週的截止日，千紗打算先返回東京。一週下來四處奔走仍找不到突破口，然而，千紗在向平山坦誠過去之後，決定相信平山是冤枉的。

「調查得怎麼樣？有任何進展嗎？」熊一臉認真地問千紗。

「調查情況的確不理想。但倒是沒想到對平山不利的證據居然這麼少，只有兩個：一個是偵訊時的自白，另一個是平山車上的頭髮。我們要做的就是破解這兩項。」

「嗯，能夠突破這兩道關卡就有救了。」

「首先是供述筆錄，你不覺得很可疑嗎？」

「嗯，的確很可疑。平山被捕後始終主張是無辜的，並且強力否認犯行，卻在第十二天突然認罪。」

日本警方的偵訊時間往往十分冗長，當然，若是能藉此查明事件真相，倒也無可厚非。只是與其他國家相比起來，其實並不尋常。

「人要是長時間受到脅迫，為了逃離那種難受的處境，即便心裡想的是A，也會說成B。況且，明知說成B對自己不利，卻也管不了那麼多，先擺脫痛苦再說。」

「但這是殺人罪，肯定會判重刑，這樣還敢在偵訊時胡亂陳述嗎？」

「妳也是這麼想的吧？只不過心理學界早已證實這種情況的確可能發生。」

「是嗎？我實在搞不懂。」

「我更在意的是，平山被捕的第十一天，他妹妹自殺了。」

「我能了解這種心情。眼看哥哥成了殺人凶手，抬不起頭來的妹妹決意尋死。」

「不，我不是那個意思，我是指自白的時間。他妹妹自殺隔天，他就突然自白。你不覺得奇怪嗎？」

聽千紗這麼一說，熊握緊了方向盤，一邊回應。

「可能平山受到妹妹自殺的打擊，萬念俱灰，刑警便乘人之危……」

昭和年代之後，刑警已不像昔日慣用屈打成招的手段，但當犯人陷入自暴自棄時，想法便會影響心情。這時候只需要一名幹練的刑警，就能軟硬兼施，甚而以情感或利益來動搖嫌犯。

「話說回來，接下來該怎麼辦？我不認為再調查下去，能夠順利聲請再審。」

「嗯，我也是這麼想。」

「那麼……還是行不通嘍？」熊露出苦笑。

「只有ＤＮＡ鑑定能夠翻案。平山堅稱，他車上不可能出現明穗的頭髮。」

根據平山的說法，除了妹妹以外沒有任何人坐過他的車子；他在學校時也從未接觸過明穗。況且，警方宣稱找到的明穗頭髮上還殘留髮根，因此不可能是湊巧沾在平山的衣服上再掉落車底。

「假設平山沒撒謊，那根作為定罪證據的頭髮就是別人的。換句話說，只要能再次鑑定，翻案的可能性就很大。眾所皆知，當年的鑑定技術還不夠成熟。」

「妳是指MCT118？」

千紗點頭。二十一年前，各地科搜研均採用MCT118型檢驗法進行ＤＮＡ鑑定。這種鑑定方式釀成了一樁知名冤案「足利事件」，暴露出該檢驗法準確度不足的問題。綾川事件採用的正是MCT118型檢驗法。

終於抵達觀音寺市。

依導航指示往郊外駛去，然後在門牌為「福家」的房子前停下。庭院裡種著大大小小的多肉植物。

「好像就是這裡。」

按下門鈴，出現一名年約六十歲的男人。福家良浩。前幾年還在科搜研上班。男人體型僅比千紗略高，頭髮全部向後梳，頭的比例很大，雙眼深陷。

「你好，福家先生，我是松岡律師，這位是熊律師。」

「啊，請進、請進。」

兩人跟著福家走進客廳。裡面沒什麼突出的擺設，但算得上一塵不染。

福家的妻子端上茶和甜點。

「我大致了解情況，但兩位最好別抱太大的期待。」事先提醒後，福家輕輕啜了一口茶。

「我明白了，只希望福家先生能夠毫無隱瞞地告訴我們。」

綾川事件中，警方在平山的車上找到頭髮後，進行鑑定的團隊即是科搜研裡福家所隸屬的部門，而福家就是當時的鑑定成員之一。

「頭髮的ＤＮＡ鑑定中，最關鍵的就是髮根。頭髮本身是死細胞，可以鑑定，但準確度很低；相較之下，髮根屬於皮膚組織，做起ＤＮＡ鑑定自然沒問題。」

這些早就知道了。

「倘若是自然斷裂的頭髮，不會從髮根斷裂。但當時那些頭髮上還殘留髮根，也就是說，那些頭髮是被扯下來的。應該是在車裡發生了激烈衝突。」

千紗不禁回想自己被綁架時的狀況。由於當時很快就失去意識，因此沒有抵抗。但池村明穗面臨的又是怎樣的情況呢？

「福家先生，我們想請教當年採用的MCT118型檢驗法。」

熊一說完，福家的眼神霎時變得尖銳起來。

「目前MCT118的準確度為人詬病，請你坦誠告訴我們，如此一來，這案件會出現怎樣的轉折呢？」

「轉折？什麼意思？」

「要是使用現在的鑑定法重新鑑定，鑑定結果可能改變嗎？」

福家短暫地垂下頭，再次抬起目光時神色凝重。

「嗯，非常可能。」

福家從準備好的信封裡拿出資料。據稱他當時已直接警告科搜研的所長，指出使用這種準確度低的檢驗法毫無意義。資料上詳細載明了MCT118的問題。千紗多少明白這情況，而此際獲得專家背書，讓人更加確信MCT118準確度堪慮。

「關鍵在於，當時的ＤＮＡ還留著嗎？大多數檢察官認為採檢的分量已經全用完了，難以重新鑑定……」

「沒有全用完。」福家打斷千紗。

「對於從事鑑定工作的人來說，當然要盡量保留，不能全用完。雖然也有不得已用完的情況，但當年的確沒有，還保存得好好的。倘若有人說已經全用完而無法重新鑑定，絕對是在隱匿證據。我可以上法庭作證。」

「真的嗎？」

福家大力點頭。行了。按照平山的說法，他的車裡不可能出現池村明穗的頭髮。只要能重新鑑定，形同勝券在握。

三人又談了一陣後，熊和千紗告辭離開。

「看見曙光了，千紗。」

「嗯，但接下來才是重頭戲。」

要重新進行ＤＮＡ鑑定有一定的難度，不可能提出申請，檢方就照辦。雖說辯護方提出申請卻未能獲得核准並不合理，但目前日本的司法制度就是如此。

無論如何，光是能找到福家就已經相當振奮人心。不單單是因為他認為這案子有重新鑑定的必要性，也代表警察內部的科搜研中，有著高度要求公平正義的聲音。這一點令千紗感到安心。

熊開車送千紗到坂出車站。

「那麼先這樣，我還會再來。」

「好，一定要贏！」

在月臺上，聽見了〈瀨戶新娘〉的旋律。千紗搭上「Marine Liner」前往東京。

一週的期限到今天為止。接下來得回去見真山，向他完整報告調查始末。至於是否提出再審聲請，端看真山的判斷。

千紗坐在角落，翻開六法全書，來到刑事訴訟法第四百三十五條那一頁。

有罪之判決確定後，有下列情形之一者，為受判決人之利益，得聲請再審：

一、原判決所憑之證物已證明其為偽造或變造者。
二、原判決所憑之證言、鑑定或通譯已證明其為虛偽者。
三、受有罪判決之人，已證明其係被誣告者。但僅限該人因誣告而被判處有罪時。
四、原判決所憑之通常法院或特別法院之裁判已經確定裁判變更者。
五、針對侵害發明專利權、新型專利權、設計專利權或商標權而被定罪之案件，已經確定裁判該權利無效時，或已出現無效判決時。
六、因發現新事實或新證據，單獨或與先前之證據綜合判斷，足認受有罪判決之人應受無罪、免訴、免刑或輕於原判決所認罪名之判決者。
七、參與原判決或前審判決或判決前所行調查之法官，或參與偵查或起訴之檢察官，或參與調查犯罪之檢察事務官、司法警察官或司法警察，因該案件犯職務上之罪已經證明者。但僅限該法官、檢察官、檢察事務官、司法警察官、司法警察在做出原判決之前已遭提起公訴，且做出原判決之法院不知該事實時。

這是再審聲請的要件。沒想到相關的刑事訴訟規定這麼少，儘管屢遭質疑不夠完備，但律師往往會依據第六項「因發現新事實或新證據」來提出聲請。

綾川事件也一樣。目前主攻點在於平山不自然的認罪招供，以及二十一年前ＤＮＡ鑑定失準。可光憑這兩點，真山會同意她繼續調查嗎？實在難說。在這團混亂中，千紗只確定一件事，就是平山那真摯的目光。想起他閃耀著光芒的堅定眼神，千紗直覺相信他是無辜的。

新幹線終於抵達東京。

千紗拿出手機，按下通話鍵。真山先前說在總部，要千紗到那裡碰面。總部就在東京車站旁邊，走過去很快。千紗搭電梯到三十五樓。

「啊，松岡律師，這邊請。」

祕書帶千紗到資深合夥人辦公室。

「辛苦妳了，坐、坐。」

千紗低頭致意，輕輕坐下，拿出整理好的調查報告書。然而，真山只「唰」地翻了幾頁便啃起了餅乾。真山的工作能力雖深不可測，但光這樣就能掌握千紗的進度嗎？

「是小麥。」真山無來由冒出這句話。

千紗不知如何反應，只能半張著嘴。

「松岡律師，妳知道我在當法官時，最痛苦的事是什麼嗎？」

千紗假裝想了一下，然後回答不知道。

「瞌睡蟲。瞌睡蟲趕都趕不走，真是敗給它了。我就算睡足八小時，還是會猛打瞌睡。為什麼會這樣呢？明明知道要是誤判就得以死謝罪，但還是擋不住瞌睡蟲大軍襲擊。我問過醫生，是不是我的大腦出問題了，但檢查後一點事也沒有。我曾經認真地想過，不如在眼皮上畫個眼睛呢。」

對於這個與再審毫不相干的話題，千紗只能陪笑。

「為什麼會打瞌睡呢？我可是澈底分析過喔。因為常發生在飯後，起初以為是血糖問題。可有時我只啃一點麵包也想睡，有時明明吃很飽卻不想睡，絲毫看不出明確的規律。可是啊，我不死心，我覺得原因肯定出在食物，便仔細調查了飲食與工作、運動的關係，記錄下自己吃過什麼、吃了多少，連食物成分都查得一清二楚，這才知道，原來我對小麥過敏。」

「小麥會讓人想睡嗎？」

「哦，好像是相當罕見的症狀。美國一家研究機構還來聯繫我要血液樣本呢。」

不含小麥的餅乾，就是為了這個原因找我來嗎？對於長期患有失眠症的千紗來說，能入睡是多麼令人羨慕，但這不是談話的重點。

「我想說的是，當我認定事情該是如此，就會查個水落石出，這一點很重要。松岡律師，從這份報告看來，妳認為平山是冤枉的吧？」

「嗯，是的。」

「那就得讓駱駝穿過針眼。」

千紗暗自「咦？」了一聲。

「聲請再審吧。」

千紗才擔心真山不同意延長調查期限，沒想到他居然同意聲請再審。雖然目前證據還不夠充分，但再查下去也可能一無所獲，不如直接先敲開再審這道深鎖的大門。「讓駱駝穿過針眼」是聖經裡的話，意為艱難之事；聲請再審的人常將這句話掛嘴上。

「不要只用六，連七一起用。」

「咦，七嗎？」

「沒錯，這是刑事訴訟法第四百三十五條中的再審聲請理由啊。照目前情況看來，平山很可能受到暴力偵訊，手段肯定很卑劣，或許適用特別公務員暴行凌虐罪。雖然沒有規定中的『因該案件犯職務上之罪已經證明者』，但我認為可以用這條來聲請再審。」

行得通嗎？千紗內心忐忑不安，但真山顯得信心十足。

「ＤＮＡ鑑定也一樣。我會想辦法要求他們基於公正立場重做鑑定，畢竟很多過去使用MCT118的案子都要求重新鑑定了。再來是證人。妳去找來當時負責偵訊的刑警，讓他們承認偵訊過程中存在違法情事。當時那個叫有森的刑警不好惹，但別怕，全力奮戰就是了。面對這種……可說是同袍正義嗎？我們不能猶豫，也不要遲疑，最終勝利的該是真相才對。」

真山握緊拳頭。

「警察的正義是逮捕罪犯，檢察官的正義是勝訴，而我待過的法院，那裡的正義是維護法律安定性。說白了，那些全是狗屁。至於律師的正義，明明那一套根本行不通，大家還是因循苟且，狗吠火車，毫不正視現實。每個人都被正義所淹沒，最終只有無辜、弱勢者流下遺憾的淚水……老實說，這場仗很難打，但我們得將扭曲的司法、腐敗的正義敲開一個大洞，讓新鮮的空氣流進去。」

一貫瀟脫的真山，頭一次激動得齜牙咧嘴，千紗大感意外。她被這番話深深打動了。再審無罪。她大力點頭，並且告訴自己，無論這條勝利之路多麼艱辛，只能咬牙前進。

2

開著車，猛地有個孩童衝出來，有森急忙踩煞車。

孩子的母親不斷低頭致歉，小男孩則是雙手抱著足球，一臉不高興，但被母親強壓著，只好低下頭來。有森嚇出一身冷汗，但看男孩似乎沒受傷，這才鬆了口氣。

盯著寫著「二輪專用」的停車線好一會兒，後方傳來急躁的司機猛按喇叭聲，有森只好踩下油門。

背後是瀨戶內海，有森駕車駛向郊外。海與山的距離很近。駛入狹窄的山中小路後，看見一座禪宗小寺。有森停車，拿出準備好的花，走向有森家的墓地。一段時間沒來了，供花的花筒表面多了一層摸起來滑膩的汙垢，便拿到架著三角屋頂的洗濯臺，刷洗乾淨。

「有森先生，看起來狀況很不錯呢。保持得很好。」

禪寺住持開口寒暄。住持比有森小一輪，肌膚比起皺巴巴的有森可緊緻多了。聽說娶了一個小二十歲的妻子，加上戰後的嬰兒潮世代接連死去，應該不會沒飯吃吧。好個充滿餘裕的人生啊。

「老嘍！剛剛有個小孩突然衝出來，我就差點沒反應過來。換作當年，我在四輪專用的停車線前就煞住了……」

這一帶十字路口都畫上了二輪和四輪專用的停車線，四輪專用的停車線距離更短。

「要不要繳回駕照呢？」

「還不到那時候。我要是沒車，根本形同少了雙腿。你生意很忙吧，辛苦了，還輪不到我來請你幫忙，別急別急。」

有森又說了些茶杯上常見的長壽金句，便向住持告辭。日前出爐的健康檢查報告，只有血壓和肝指數稍微不理想，沒什麼大問題。雖然沒有特別想追求的人生，但還想再活上個幾年。

將白花八角供上，聞一聞線香的味道，然後拿杓子舀水慢慢淋在墓石上。

有森想起三十三年前去世的女兒，雙手合十。

那年夏天，一個炎熱的早晨，女兒說了句：「我走嘍。」將參加廣播體操的紀錄卡掛在胸前便出了門，這一去，竟在路上被一名魯莽的卡車司機迎頭撞上。掛著紀錄卡的脖子嚴重扭曲，一看便知回天乏術，但聞訊趕來的有森依然拚命叫喚女兒。

太荒謬了！眼前是真實感如此薄弱的死亡場景，有森徬徨失措地杵在原地，流不出淚，也叫不出聲音。救護車疾馳而來，救護人員觀察現場狀況後露出遺憾的表情，有森這才與現實世界接軌，痛哭失聲。

妻子責怪有森。她曾說暑假的廣播操根本沒意義，但有森認為學生當然要參加，於是叫醒了還想睡的女兒。有森想將肇事的卡車司機狠狠揍一頓，但肇事者也撞上電線桿當場身亡。據說他已經四天不眠不休駕駛了，以現在的話來說，就是過勞死。

平常幾乎不動怒的妻子，長達一個月之久，將怒氣反覆發洩在有森身上。有時有森按捺不住會氣得回嗆：「別再罵我了！」一直到那天，妻子像是要將一切的憤怒全數發洩殆盡般，心灰意冷去衝撞了電車。如今回想起來，有森懊悔不已，為何不試著理解妻子的痛苦？為何不給予她更多的支持與安慰？女兒死去，卻連妻子也救不了嗎？就這樣，有森終日活在悔恨交加之中。

手機來電，打斷有森的思緒。

是前檢察官瀨戶口。一如往常響了一聲便掛斷，又不是缺錢缺到連電話費都得省下來。有森苦笑，無奈地回撥。

「瀨戶口先生，有什麼事嗎？」

「他們好像真的要聲請再審。」

瀨戶口接著說，真山派菲亞頓法律事務所的律師與香川縣鄉下地區的律師事務所合作，準備對平山案聲請再審。

「再審理由是什麼？我不認為他們找到了新證據。」

「特別公務員暴行凌虐罪。追訴期已經過了，不會被問罪，但再審聲請審查時，你應該會被傳喚當證人。」

「那樣偵訊就被視為暴行嗎？」

的確，並不是完全沒用暴力。今井等人在偵訊時確實可能過當。話雖如此，光憑這種原因就推翻已定讞的判決，那麼訴訟還有何意義？

「你認為我會承認，是嗎？」

「我想，對方並不會天真到以為憑這一點就能打贏官司。他們打的算盤應該是利用這個機會聲請再審，然後要求重做ＤＮＡ鑑定。」

「重做ＤＮＡ鑑定？啊，因為是MCT118……」

原來如此，以追求再審的順序來說，這個方向是正確的。只要達到重新鑑定的門檻就有勝算。辯護方會這麼想很合理。

「負責的檢察官是我學弟，我已經和他說好了。」

「我明白了。但即便如此也嚇不了我。」

我想也是。瀨戶口同意。

「就算重新鑑定，我們也不會輸。不論是用染色體檢驗，還是粒線體檢測，我們都不會輸。」

有森點頭。瀨戶口會多次打電話提醒，可見還不放心。但有森的立場十分堅定。

「瀨戶口先生，你好像不太信任我？」

「哪裡，我對你很放心。我認為我們有百分之九十九點九的勝算。我不放心的是真山。」

菲亞頓的老闆嗎？只聽過一些傳聞，那人似乎頗有兩把刷子。

「真山那傢伙的思考往往和常人不一樣，說不定會使出意料不到的手段，最好小心點。」

瀨戶口是前檢察官，工作信念就是不能輸，難怪多了這層憂心。可有森認為，長他人志氣，滅自己威風一點也不明智。以這件案子而言，不如就讓他們聲請再審，趁這個機會一舉打得他們體無完膚更好。瀨戶口應該也是這麼想的吧。

「沒問題啦，平常心戰鬥，平常心戰勝，就這樣。」

拜託你了，瀨戶口說完便掛斷電話。有森收起手機，看著妻子與女兒長眠的墓地，瞇起眼睛說：

「妳們再等我一下喔。」

說完，有森離開墓地。

駕車奔馳到瀨戶內海。

三十三年前，有森失去了一切，從此生活只剩下工作。狠心奪走了一個家庭的幸福卻逍遙法外的傢伙、只主張自身權利卻無視被害人權益的傢伙、佯裝反省悔過內心卻吐舌訕笑的傢伙，這些人統統不可原諒。

池村明穗遭到誘拐殺害的案件，讓有森想起了女兒的死。兩人不僅年齡相仿，一看見遺體，也是第一眼便知已回天乏術。她犯了什麼罪？為什麼要受到如此殘忍的對待？有森打從心底無法原諒兇手。

當年除了綾川事件，香川縣還發生幾起誘拐事件，一件在滿濃町，一名叫高木悠花的女童失蹤，另一件在丸龜市，也已證實女童曾遭到誘拐。

在丸龜遭誘拐的少女聲稱是自行逃脫。這起誘拐案雖然有可能是謊報，但有森不這麼看。他也不認為在這種鄉下地方，一下子出現好幾名鎖定少女的惡魔，於是認定三起案件的犯人都是平山。

瀨戶口的愛操心教人傷腦筋，他將真山這個人說得太厲害了。而有森認為，只要口風夠緊就沒問題。

在超市買了熟食和醃蘿蔔，有森返家，瞥見牆邊停了一部深色的輕型轎車。隔壁老夫婦一家常有客人來訪，應該是他們的家人吧。有森想請他們移車，卻怕開了口破壞鄰居情誼反倒麻煩。

先洗個澡吧。有森漫不經心地想著，手伸向玄關的門把，這時聽見了聲音。

「不好意思。」

回頭一看，一名戴黑框眼鏡的年輕女性正注視著他。

「你是有森義男先生吧？」

有森看見衣領上的徽章，立刻明白眼前的女人是律師。

「我是菲亞頓法律事務所的律師，我姓松岡。」

菲亞頓的律師？這麼說來，她是平山聰史的辯護人？看起來頂多二十五、六歲。

「你是二十一年前逮捕平山先生，並且在偵訊時讓他招供的有森先生吧？」

「嗯，是的。」

「那我就直接問了。」

一副不管三七二十一的態度。她推了推眼鏡說：

「當時警方違法偵訊，對吧？」

還真直接啊，有森在心中苦笑。

「你透過威逼的手段讓平山先生招供。為了讓整件事看起來合乎邏輯，你誘導平山先生做出符合證據的自白。有森先生，你不是壞人。我聽說你是個熱心好義的刑警，能不能請你告訴我案件的真相？」

真無趣，有森心想。瞧瀨戶口嚇成那樣，還以為會派個能幹的律師過來。沒想到就是個莽撞上門的小姑娘嗎？從她那哀求般的口吻看來，想必明白自己根本搬不出有利的證據。

「抱歉，根本沒妳說的那回事。妳讀完判決紀錄就知道了，上面寫得很清楚。」

有森說了聲「不好意思」便開門走入玄關。就要帶上門時，只見年輕女律師快速伸腳，阻止有森關門。

「再請教一件事就好。當年同時發生了幾起女童誘拐案，在平山先生以外，警方應該也查到了其他可疑人物的線索？」

這女人真煩。有森背過臉去。的確有。但那條線索和高木悠花失蹤案，以及池村明穗的誘拐殺人案無關，而是第三起順利脫逃的少女誘拐事件。有人目擊到一名矮個子男人，但警方搜查後並無斬獲。由於無法確定這條目擊線索與其他案件的關聯性，後來便不了了之。

「唔，我不曉得。」

強行關上門。女律師並未立即離去，仍在玄關糾纏不休，最後不敵有森的頑強抗拒，一小時後便無奈離開。

洗完澡，吃了晚餐。有森嚼著最喜歡的炒醃蘿蔔，只是在那個女律師攪和下，一點滋味也沒有。

翌日，有森在被害者支援中心忙完電話諮詢服務後，走出辦公室。

來到走廊，一眼就看見池村敏惠佇立在前方，定睛望向窗外。視線終點是一隻長尾巴的鳥。

「銀喉長尾山雀，對吧？」

敏惠聽見聲音回頭，露出燦爛的笑容。

「好厲害，有森先生，你都認得了。」

「上次認錯後，我就翻圖鑑比較鶺鴒和銀喉長尾山雀，發現完全不一樣。這次不想再丟臉了。」

能夠一起聊天真開心。兩人閒聊著鳥事。有森常看野鳥節目，多少學了一點，慢慢能聊上幾句。

該讓她知道再審聲請的事嗎？有森邊聊邊尋思。她早晚會知道，要是遲遲不說，到時就尷尬了。反正這場官司不會輸，有森決定提前告訴她，要她放心。

「就是這樣，綾川事件應該會進行再審聲請審查。啊，不是要重新審理的再審，而是決定是否重啟再審程序，類似一種協商。總之，犯人只是個口口聲聲人權的痞子，況且罪證確鑿，別擔心。」

「是嗎？」

敏惠回應的聲音微微透著不安。是因為刑警當久了嗎？話語中不小心便流露出對辯護方的輕蔑。

但他更擔心敏惠的想法。好不容易才判處平山無期徒刑，關進了監獄，如今卻要舊案重提？別說憤怒了，恐怕連平山兩個字都不願再聽到，此刻心情肯定很糟。有森思索著，邊窺探敏惠的表情，卻似乎不見絲毫陰影。

「有森先生，有一種鳥叫『鶺鴒』，你聽過嗎？」

「唔？這倒沒聽過。我是個不用功的學生。」

「我們一家都很喜歡鶺鴒。去露營時，明穗教我們認識的，她還很得意呢。鶺鴒體型小小的，但叫聲很嘹亮喔，這點和明穗很像。明穗的臉圓嘟嘟的，好可愛，長得就和鶺鴒一個樣。」

敏惠俐落地結束再審聲請話題，直接拉回野鳥身上。敏惠聊起的，是有森也不知道的往事。回想起來，敏惠從未提過明穗生前的事，這說不定是頭一次。

「有森先生，謝謝你一直很照顧我。我相信你。」

「池村太太。」

「可恨的是平山，就是他害死了明穗。如今要說他是被冤枉的，真會氣死人。只不過，平山的確是凶手吧？」

有森堅信平山是真凶。況且，只因為缺乏決定性證據，就不能將禽獸不如的嫌犯抓來問罪，還稱得上正義嗎？

「絕對錯不了。」

「那就好，真的很謝謝你。」

那麼再見了，有森說完便離開支援中心。

不知何時天色暗了下來，月光朦朧。有森回頭望向支援中心。倘若他對敏惠說，當年自己用了違法的偵訊手段，她會怎麼想？可是，只因為自己一時犯錯就縱放平山這頭怪物逍遙法外。不，不可能眼睜睜看著這種事發生。

不能再讓敏惠受苦，她好不容易過著平靜的生活。

平山是殺人魔。要將怪物關進牢裡，只有那個選擇。有森努力壓下內心就要炸開的負罪感。

3

時隔二十一年再會，並未發生預料中的戲劇性展開。

直接找上了負責偵訊平山的刑警有森義男，問明是否違法偵訊時，他的口風相當緊。而熊去見另一名刑警今井琢也，情況也差不多。但起初倒也沒天真到期待他們會就此良心發現、當場懺悔認錯。

三起案件，肯定是同一人犯下的。

高木悠花失蹤、千紗遭誘拐、池村明穗的死……短短三個月內，不過十公里範圍，不至於出現兩名鎖定少女的犯人。雖不能排除模仿犯的可能性，但應是同一人所為。那麼，不論從哪個事件查起，都會查到真凶。

千紗尋思，倘若從自己這起誘拐案著手追查真凶，說不定就能證明犯人與綾川事件的關聯性。

而且千紗的案件有目擊證人。當年千紗去商店買酒時，有人看見一名可疑人物從車上下來，朝千紗的方向走去。目擊者就是拜託千紗跑腿的町內會長和另一人。千紗打算去找這兩人，問明可疑人物的特徵。

千紗來到其中一人的住處，眼前的男人綁著一條頭巾，前陣子曾到「月園」用餐。沒有事先聯絡，但男人的態度很友善。

千紗說明原委，男人粗壯的手臂交叉於胸前，不斷點頭。

「妳打算追查那件案子嗎？唔，該怎麼說好……」

「我不想讓父母擔心，請你別告訴他們好嗎？」

「那當然。哎呀，千紗真是了不起。」

男人似乎很高興自己能幫上忙，接著回憶起當時的情景。

「我看到的那傢伙，是個矮冬瓜。」

「矮冬瓜？是指個子很矮嗎？」

反覆確認後，男人不住抓著毛絨絨的粗壯臂膀，打包票說：「沒錯。」

「還記得他的長相嗎？」

千紗取出幾張臉部特寫相片，其中一張是平山。千紗特意挑選當時報章雜誌沒刊登過、仍與本人相近的照片。但男人只是歪著頭，似乎找不到眼熟的。

「抱歉啊，時間過太久了……」

畢竟都過了二十一年。很難給出明確的答案。

「有沒有想起任何特徵？像是衣著，或是車款？」千紗追問，可依舊沒有足以鎖定嫌犯的線索。矮個子嗎……平山是一百六十八公分，這樣算矮嗎？千紗見到他時，覺得他身材中等。

這類問題想必刑警都問過了。當初警方應該曾經懷疑平山就是被目擊到的可疑人物，只不過「矮個子」的說法與平山不符，因此便捨棄千紗誘拐事件中的目擊證詞。

對於不合乎案件走向的線索全都視而不見，便是警方一貫的做法。倘若能找出這名矮個子男人，或許就能進一步解開綾川事件的疑點。但以現狀來說，十分困難。

走進香川第二法律事務所，事務員穴吹英子出來招待。

「不好意思，熊律師還沒回來。」

穴吹端來了茶和珍珠般大小的可愛甜點。柔和的粉色，微甜，入口即化。這是香川縣特產，昔日婚宴時，新娘都會發這種喜糖給賓客。穴吹說是參加親戚婚宴時拿到的。接著，在千紗面前對熊盛讚一番：

「熊律師真的很認真呢！只是都三十五、六歲的人了，似乎還沒有交往對象，好可惜啊！」

千紗感覺熊相當投入工作，還以為他結婚了。

「松岡律師，妳有打算嗎？」

「什麼打算？」

「交男朋友啊、結婚啦。」

「咦？不，我沒有……」

真的嗎？穴吹別有意味地笑著。

年近三十還沒交過男朋友，這種話實在說不出口。再說，現在正要賣力工作啊。千紗一時不知如何回應，此刻救兵及時趕到，手機響了。

是真山打來的。千紗立刻接起電話。

「好消息。」

千紗聽完後，回話時聲音不自覺拔高。真山帶來的消息實在教人不敢置信，千紗再三確認，但結果應該很明確了。

掛斷電話的同時，熊回來了。

「怎麼了？」

「真山先生打電話來通知ＤＮＡ重新鑑定的事。」

熊「哦」了一聲，反應稍嫌冷淡，放下公事包後接著說：

「能夠重新鑑定當然很好。只不過，雙方的關係並不對等，檢方不會同意重新鑑定吧？」

「可是，熊大哥，似乎通過了！」

「哦，真的嗎？」

「不知道為什麼檢方這麼積極。他們還委託一位知名醫學博士進行ＤＮＡ重新鑑定，那博士正是指出當年鑑定問題並主張重做的專家。另一個消息也令人振奮，據說裁定重啟再審程序的法官很公正，還曾經做出堪稱劃時代的判決。」千紗興奮地說。

「看來對我們很有利嘍。」

「是啊，有利到教人害怕呢！」

「贏了！贏了！」

熊高舉雙臂歡呼，一旁的穴吹則是笑咪咪地拍手。

雖不知檢察官的盤算，但從情勢看來會重做ＤＮＡ鑑定。再審聲請審查與一般官司不同，法庭上並不允許旁聽，而是採不公開審理，由法官、檢方、辯護方三方協議的方式進行，但程序無異與一般官司，也會質問證人；辯護方通常會組成十人左右的辯護團出席，但這次僅有千紗與熊兩人。

「不管怎樣，偵訊時的自白有問題，所以我們要追究有森、今井這兩名刑警吧。」

「沒錯，我想會是一場漫長的攻防戰。」

「好吧，那我們趕快模擬。妳當刑警，我當辯方進攻。」

「好。我就當對立方的刑警，你盡量進攻，不要留半點餘地。」

接著，兩人展開法庭模擬，將桌子併在一起，布置出一個臨時法庭。其他事務員也紛紛過來幫忙，扮演各種角色。菲亞頓等大型法律事務所都有完備的模擬法庭，加上前檢察官、前警察，可以進行相當正式的模擬；但在這裡稍嫌困難，只能勉強湊出臨時的模擬法庭。

「妳當年偵訊時，是否強迫嫌犯自白？」

熊的質問實在稱不上幹練。刑事案件的證人質問極為重要，但進行專業研究並磨練質問技巧的事務所並不多，鄉下的事務所就更別說了。千紗暗忖，只能靠自己了，但就算親自上場，也沒把握能夠瓦解有森和今井的心防。

證人很重要，除了本身的社會地位及人品，在法庭上能否得體發言、從容回話，都會影響法官心證。從這層意義來看，刑警算得上專業證人。而有森和今井都有上法庭作證的經驗。

「啊，有電話。誰啊，這個號碼……」

熊的手機響起，模擬法庭只好先喊停。

過去在菲亞頓的模擬法庭上，只要面對刑警都很辛苦，如今在這裡依然十分吃力。透過反覆模擬，已經逐漸建立起雛型了，只是依目前狀況，還是不可能讓有森等人承認當年曾進行違法偵訊。不難想像，即便我方主張自白充滿疑點，證人也會佯裝不知情閃避問題。千紗明白眼前是場硬仗。

「是真山先生打來的，他一直對我說加油、加油！」

「哦。」

「千紗，怎麼樣？還繼續嗎？」

「已經有點想法了。我想再去找平山先生。」

「我們會贏的，總會有辦法。一定贏！」

熊微笑著比出大拇指。雖是毫無根據的鼓勵，千紗還是向他道謝，然後離開香川第二法律事務所。

跨過瀨戶內海，約莫一小時路程，抵達岡山刑務所。

辦完手續，千紗很快見到了平山。平山緩緩地在椅子坐下。

千紗告知平山目前再審案的進度。當她提到將舉行再審聲請審查時，平山瞇起眼看著千紗。

「這種官司打得贏嗎？」

平山的疑慮完全在意料之內。得知可能會重做DNA鑑定時，平山稍微前傾身體。

「警方和檢察官的話不能信。」

「我明白你的心情。但當年的鑑定太草率了，以現在的技術，準確度已大幅提升。」

「我知道，可是警方和檢察官做的鑑定，絕對不能相信。」

「鑑定報告並非出自檢警，而是委託可信賴的專業人士撰寫。請放心，是我們屬意的人選。」

千紗想多做說明，只見平山一臉漠然。她理解平山對檢警的不信任。上回面會平山時，千紗將自己的想法和盤托出，獲得了平山的真心回應。她相信平山。

「平山先生，我再請教一個問題。」

平山默默抬頭。

「我說過，我是為了自己而接下辯護工作，既不是為了替你洗刷冤情，也不是出於正義感。我只想著一件事，就是不能放過當年綁走我的人。我對你會完全坦承，絕不會欺騙你，所以也請你不要欺騙我。你能答應我吧？」

平山答應了。

「你並不是因為受到妹妹自殺的打擊，才向刑警自白，對吧？」

平山抓住短短的頭髮，小聲說：「嗯。」

「為什麼上了法庭卻不說？」

只要比對筆錄與事實，便可知平山是在失神狀態下遭逼迫認罪。這點誰都看得出來。可是，平山後來雖然翻供，對於這件事依然保持沉默。

「非得說出來嗎？」

千紗的臉湊近，點頭說「是的」。平山嘆了一口氣，閉上眼睛，咬牙切齒喃喃自語著，像是在詛咒什麼。最後他說出了有森和今井的名字。

「那兩個傢伙是……魔鬼！」

緊握的拳頭不住顫動。

「你遭受違法偵訊嗎？」

平山的聲音顫抖，點頭稱是，接著述說警方不著痕跡的暴力手法，像是威脅若不聽話就要殺掉他云云。現場檢證時，有森也是以眼神示意；平山就這樣被押著，在有森的誘導下走到池村明穗的棄屍地點，但他根本沒見過池村明穗。

「後來聽吉田律師說，佳澄自殺前，警方居然對她說我已經認罪了，她因此受到相當大的打擊。但當時我明明沒有認罪。他們騙了佳澄，害死了她。」

倘若平山的話為真，那兩名刑警的行徑太卑劣了。可惜沒有證據。

「那兩個傢伙，我死也不會原諒他們。」

彷彿全身的水分正在蒸發般，平山蒼白的肌膚泛著血色，憤怒高漲。這是演出來的嗎？實在不像。

此事若屬實，肯定構成特別公務員暴行凌虐罪。平山果然是冤枉的，千紗只能這麼想。

「我一定會爭取再審。」

平山說「拜託妳了」，千紗離開岡山刑務所。

驅車駛向四國。一邊俯瞰散落在海面上的小群島，一邊奔馳在高速公路上。

雖然在這一帶長大，千紗對瀨戶內海並不熟悉。這是因為她不記得遭綁之前的事，綁架案後又大多關在家裡足不出戶。儘管後來慢慢恢復正常生活，卻經常感到疲倦不堪，應該是一睡著就做噩夢，無法好好休息的緣故。

要是能夠證明平山是冤枉的，警方也會重新調查當年綁架我的犯人吧？

千紗突然浮上這個念頭，轉念一想又覺得不切實際。截至目前，幾乎所有冤案最終都沒能找出真凶。話雖如此，凶殺案的追訴時效已經廢止，可以持續追捕凶手，因此若想讓警方再動起來，最快的方式就是洗刷平山的罪名。

「歡迎光臨！哦，是千紗啊。」

回到家，父母一如往常出來迎接。

用過晚餐，千紗洗了澡，正好熊打電話來。兩人就再審程序做完最後確認，這時熊不知為何突然變得支支吾吾。

「怎麼了？」

「沒有啦，我只是想，要是確定重啟再審，要不要一起吃個飯？」

「當然好，順利重啟之後，我們就盛大舉辦一場慶功宴。」

熊頓了一下，又支支吾吾起來：

「呃，不是……怎麼說呢？我是說我們倆……」

「別說只有我們倆慶祝這種小氣的話，當然要大夥一起慶祝。」

「呃，大夥？」

「沒錯，能夠重啟再審可是非常了不起的。」

「是、是啦。大家都很努力，而且你和事務所每個人都處得很好。我本來就想，大家能一起吃飯慶祝就好了，哈哈哈。」

熊的口氣透著幾分尷尬，沒多久就結束通話。

千紗對出人頭地沒興趣，也不打算一直待在菲亞頓，相反地，她覺得能在家鄉當律師幫助困難的人，是一件非常棒的事。只不過，現在要全力以赴的是即將到來的再審聲請審查。戰鬥吧！為了懲治那個怪物，為了自己的人生，戰鬥吧！

清晨與驚呼聲同時到來。

睜開眼，只見父母一臉憂心忡忡站在枕邊。千紗彷彿高燒剛退全身汗溼。又做了同樣的噩夢。

「老是睡不著，所以吃了藥。」

這是托詞，其實根本沒吃。

「千紗，是不是更嚴重了？」

「抱歉，十點半要進行三方協議，我得趕快起來準備。」

千紗藉口換衣服趕父母出去。接著隨意扒了幾口飯，便提早出門。

開車行駛於國道十一號，朝高松地院前進。真是討厭的夢，在這種重要的日子還惹人心煩，好無奈。

抵達高松地院時，手機響了。

是菲亞頓法律事務所的所長真山打來的。一接起來，立即傳來優雅的男中音。這個時間來電只會徒增壓力，可見真山也不是全然放心。最後他開朗地說聲「加油」，便結束通話。

「千紗，早啊。」

熊站在入口等待。千紗已經提早到了，沒想到熊比她更早。熊問她昨晚睡得好嗎，千紗只說有睡。儘管做了噩夢，但昨晚終於睡著了。

「有睡喔，那還不錯，我完全睡不著。」

兩人都早到了，於是再次確認戰術。但千紗不禁覺得兩人就像事到臨頭才在抱佛腳似的。

「有森似乎不容易被動搖。但我說過今井的個性吊兒郎當，較通人情，我想應該可以從這點來突破。」

千紗暗自對熊感到抱歉，因為她毫不期待熊的攻勢。根據平山的說法，有森的地位比今井高，直接施暴的是今井。今井還痛罵平山是人渣。看來這次能不能翻盤，只能靠DNA重新鑑定，只要證實車上的頭髮不屬於明穗就成了。

差不多了，千紗伸長手臂讓熊看時間。

「三方協議的地點好像不在法庭？」

「嗯，是在會議室。」

走進地院，一片空蕩蕩。問過服務人員後，走向四樓的一個房間。就在這種小會議室裡宣判某個人的一生嗎？想到這裡，不禁難受起來，但這種想法也難以對旁人啟齒。

一打開門，只見會議室內一字排開像是就業面試場合。排了幾列長椅，檢察官坐在旁邊的椅子上，年齡比熊大一些，髮際線嚴重後退。看到熊和千紗後，他輕輕點頭致意。

兩人在檢察席對面的辯護席就座。中央設置了類似證人席的座位。不久，三位法官魚貫走入，都沒穿法袍，而是一般的西裝。不同於法庭的是少了被告與旁聽席，地點也不同，其餘皆一樣，氣氛嚴肅。

「那就開始嘍？」

審判長溫和地開場。千紗輕輕按住左胸，平緩悸動。

4

到高松地院時，一部破破爛爛的汽車也幾乎同時抵達。

掌握方向盤的是今井琢也。他和有森一樣，被傳喚當證人。

頂著兩側推高的二分區式髮型，抹上髮膠拉得筆直，下巴蓄短鬚，穿著黑色西裝。雖說不再是刑警了，但真沒想到會以這副混混裝扮露臉。身材頎長，加上一張娃娃臉，即便不年輕了，依然帥氣逼人。

「有森先生，好久不見。」

像見到黑道大哥般，今井低頭問候。

「你那部寶貝法拉利怎麼了？」

「早賣了，日子苦哈哈的。」

今井嘆了口氣離開。不難想像他的心情，那張臉透露出想快點結束這煩人的行程。有森同樣有速戰速決的想法。

有森先在證人室休息，今井則在另一間。傳喚有森時，他走向進行三方協議的會議室。一進門，見到了三名法官和檢察官、高大魁梧的男律師，以及才見過面的身型嬌小的女律師。已經來法庭很多次了，但出席再審聲請審查還是第一次。反正要做的事都一樣，只要一如往常簡單陳述即可。

「請證人說出自己的姓名和職業。」

面對審判長的審問，有森毫不緊張，從容回答：

「我是有森義男，在被害者支援中心擔任支援義工。」

審判長簡單說明傳喚有森的理由。辯護方對當年警方偵辦過程提出質疑，認為平山的自白以及到現場指出棄屍地，都並非出於本人意志。

「請辯護方開始質問。」

那個叫松岡的女律師起身。

「我方聲請再審的理由之一，是聲請人平山聰史受到足以構成特別公務員凌虐罪的不當待遇。我想確認當時的偵訊狀況，你就是偵訊的主要負責人吧？」

特別公務員暴行凌虐罪……？有森內心同意這種說法。今井這個人渣就是以暴力綑綁平山，而有森也默許這般惡行。

「是的。」

「你是否違法偵訊？」

坦白說，的確是違法偵訊。但是，相較於讓平山脫罪所造成的不公義，這丁點暴力算得了什麼。

「他的供述都是出自他本人的意志。」有森爽快回答。

「第十二天的偵訊，也是合法的嗎？」

「第十二天的偵訊也是合法的。只不過如今回想起來，時間有點久遠了。」

諸如偵訊時間等明確屬實的部分，有森一概承認，但他堅守防線，對自己不利的問題便回答不知道。不帶情緒、不多話，策略單純，卻是回答質問的基本原則。縱然對手使用各種惡魔般的話術也不為所動。提問人很弱，只要保持冷靜，對方就沒戲唱了。

「到第十一天為止的供述內容，和隔天的供述內容截然不同，其中的轉折值得關注。再審聲請人突然在第十二天轉變態度認罪，而且是崩潰般全盤招認。你身為偵訊官，難道不覺得可疑？你認為他為何會突然從全盤否認變成坦承所有罪行？」

這有固定的回答模式，不會失誤。但說不定辯方只是想讓我大意後再行突擊。

「我不覺得可疑，有些犯人就是會突然改變態度。至於為何決定認罪，我就不清楚了。」

「第十一天，再審聲請人的妹妹自殺了。」

這名叫松岡的女律師主張平山的自白，都是偵訊刑警趁他因妹妹去世過度悲傷，六神無主時才逼出來的。

「他妹妹的死和他的自白有關聯，這是很合理的推測吧？」

針對平山為何突然自白，有森並沒有明確的答案。對別人的死冷血至極，對家人的死才痛苦萬分，世上哪有這種事！有森不認為那個惡魔會因為妹妹的死而遭受打擊，進而承認擄人害命的重罪。他一度想提出自己的主張，卻又甩開這個念頭。

或許她打算動搖我的情緒，好演變成一場混戰。還是少開口為妙。

「這種問題很難回答。我只能說，是我們鍥而不捨的偵訊奏效了。」

情感是最大的敵人。要是上當說些糊塗話，就會露出破綻。

「當時平山先生已經處於極度哀傷的失神狀態，你沒考慮過這種情況嗎？」

「我們只是公事公辦做筆錄而已。」

很辛苦吧，有森不禁同情起女律師。說白了，她拿我沒辦法。不是她能力差，而是證據不足。她心裡也清楚，再問下去也沒意義，只是不得不問。

漫長的無效攻防後，女律師出現疲態，雙眼充血。她知道要輸了，只是得壓下難受的心情吧。

「你對證人應得的正義，有何看法？」

女律師冷不防拋來出乎意料的問題。

「聽說你是一位正直的刑警。我也這麼認為。有森先生，其實你很清楚你對平山先生進行違法偵訊，可是，你確信他就是凶手。擔心凶手逍遙法外的正義感，以及為被害人著想的用心，讓你認為就算得違法偵訊，也要實現將真凶繩之以法的正義。這就是你的立場吧？」

女律師一雙赤紅的眼緊盯著有森。她說得沒錯，不偏不倚正中有森內心。然而，有森絕不會承認。又不是在法庭上玩被猜中就輸的遊戲。別再搬出這種動之以情的把戲了，辯方形同宣布敗北。

「辯護方的主張與事件無關。」檢察官憐憫似的提出異議。

「異議成立，請辯護人避免抽象性的質問。」

女律師低頭說「對不起」。最終，辯護方僅有動之以情的手段。瀨戶口本來也擔心這一招，但看來是杞人憂天。於是有森淡漠地回應著空洞的答案。

「有森先生，你是使用暴力取得口供的吧？請你看著我，看著松岡千紗的眼睛回答。」

有森略感訝異。為什麼會突然報上姓名？看起來是一個很適合戴眼鏡的可愛女性，打扮樸素，沒化妝。松岡千紗嗎……一想起這名字便全身如觸電般震動。

松岡不是罕見的姓氏，因此沒特別放在心上，沒想到連名字也一樣。難不成……有森還記得當年少女的模樣，沒錯，三人中的一人。的確是當年的……有森全身緊繃，努力不被看出情緒波動。

「有森先生，請說出真相。」

「審判長，辯護人強迫供述。」

「異議成立。」

審判長接受檢方的異議。千紗又說了一次「對不起」。然而，有森內心被攪動的波濤仍在呼嘯。後來那名少女受到警方保護，有森還一度詢問她案發經過。當年的少女，如今以辯護人之姿站在眼前，她這二十一年是怎麼走過來的？她的控訴不像是演技。

最令人有森吃驚的，還是千紗居然為可能是真凶的平山辯護。她在想什麼？她真的相信平山是冤枉的？或者，她只是秉持律師的正義，即便內心質疑，也必須維護被告的利益？不論何者都非比尋常。有森雖然努力壓抑內心的激動，卻仍流露出焦躁的神色。

「請證人回答問題。」

在審判長的催促下，有森才抬起頭。剛剛都在思考松岡千紗的事，沒聽到她問了什麼，於是反問是什麼問題。千紗再問一次，是針對現場檢證的質疑。千紗問道，根據報告平山自行指出了棄屍地點，但這是否也是受警方誘導？

「這個嘛……」有森支吾起來。

帶嫌犯進行現場檢證，有時會發現遺體或關鍵物證；但就這起案件而言，明明已經找到了遺體和物證，卻故意不明示而讓嫌犯指認。這往往是因為警方高度懷疑嫌犯確知真凶才知道的犯案過程。平山的情況便是如此。

當時，平山先是認罪，然後茫然地配合做現場檢證。最初帶刑警們來到一個奇怪的地點，有森見狀，以為他都到這時候了還想誤導警方，因此面露不悅，便催促他前往實際的棄屍地點，即河岸邊。

「你們是不是趁著嫌犯因妹妹的死遭受重大打擊，巧妙安排讓嫌犯主動帶警方到棄屍現場？」

千紗質疑得沒錯。平山認罪之後，精神狀態變得十分脆弱。要任意誘導內心脆弱的嫌犯並非不可能。

就內心脆弱這層意義來說，此刻的有森或許也是如此。那名飽受驚嚇的少女長大成人，並且以律師的身分站在眼前，這種事誰想得到？她內心肯定承受許多難以訴說的痛苦吧。這就是瀨戶口擔心的真山的戰術嗎？在千紗那雙滿布血絲的眼睛注視之下，有森幾乎就要脫口說出「是的」。

但此時，他腦中浮現另一名少女的臉龐。

那是死去的池村明穗。她的嘴被一件女童的背心內衣緊緊塞住。接著這具被丟棄於河岸邊的遺體，轉眼變成女兒的遺體。

平山是真凶。所有人深信不疑。儘管不少律師和學者對於警方當年的偵查手法大加批評，但那些人根本什麼都不知道。站在揮汗追捕凶手的偵查人員立場，凶手不是平山還會是誰！

曾有學生家長出面指控平山偷拍他們的女兒。在高木悠花失蹤案的偵辦過程中，一名老人也出面作證平山帶走了悠花。當時倘若將平山逮捕歸案，或許池村明穗就不會死了。

「一切都是為了貫徹你的正義，刻意將整起事件安排得合情合理，對吧？但是，你眼中的正義其實不過是在隱蔽事實，反而變相促進犯罪，你難道沒想過嗎？」

幼時的傷痛肯定十分難熬，或許她基於某些原因，認定平山是冤枉的，真凶另有其人。可她的傷痛並不會因為相信平山這個惡魔的話，讓他重獲自由，就能得到療癒；應該是讓平山再次坦承犯行，才稱得上救贖。沒錯，她搞錯方向了。她不該擔任平山的辯護人，反而更適合做一名逼平山認罪的檢察官。

這麼一想，情緒立即轉換，心跳也緩和下來了。

「誘導之類的說法，完全不是事實。」有森充滿自信地做出證詞。

這時，不斷採取攻勢的千紗也變得沉默。很好……就這樣封住她的嘴，她的主張就會淪為毫無根據的指控，與其說是質問，無疑更接近無病呻吟。

心情逐漸回復成單一顏色。眼前那條從未偏離方向的道路，在剛剛那一瞬間變成了其他顏色，所幸他很快又冷靜下來。

接下來，千紗改變進攻方式，企圖從其他的供述尋找破口，但是對胸有成竹的有森毫不管用。有森保持一貫的淡然，每一次回答都相當謹慎，成功地四兩撥千金。

「我方的質問到此為止。」

千紗萬念俱灰地回座。已經盡力了，這點在場人士全看得出來，而且確實一度動搖有森的心防，但最多也就這樣了。

檢方的反向質問結束後，時間已過中午。三方協議暫停，午後一點再進行。

走到外頭，有森仰望天空，大大吐了一口氣。總算擋住了那孩子的指控。真山想利用她撼動有森的心防。說實話，這招差點奏效。真山打的如意算盤恐怕是運氣好就算賺到。

打開手機電源，立刻震動起來。

「有森先生，作證還順利嗎？」

瀨戶口似乎看準了時間打來。真是愛操心啊，有森微微一笑，說了沒問題，瀨戶口這才鬆一口氣。

「沒聽說是松岡千紗那孩子擔任辯護律師，當下心裡有點慌亂。」

說明原委後，瀨戶口輕輕驚呼一聲，看來他事前也不知道。

「抱歉，我調查得不夠詳細。」

「我也見過她，卻沒認出來。哎呀，總之沒問題了。」

「算是挺住了，真有你的。啊，話說回來……」

瀨戶口簡要說明綾川事件DNA重新鑑定的結果。

「哦，我知道了。」

「今天東京天氣很好，你那邊也是吧？」

推測是放心了，瀨戶口突然聊起天氣。

有森不置可否，掛斷了電話。高松地院上方天空晴朗無雲，但他的心情卻與這好天氣相反，烏雲慢慢籠上心頭。

5

所有質問都沒打到要害。

整個上午對有森進行的質問彷彿撲了個空，千紗感到很洩氣。不少人認為是因為前刑警有森義男素來耿直，即便面對當年的被害者千紗提問，也依然不為所動。

高松地院旁有條商店街。千紗與熊在商店街的一家咖啡館吃午餐。千紗毫無食欲，對眼前的烏龍麵幾乎沒動筷子，熊則是將滿滿的定食嗑掉大半。

被審判長糾正後，千紗不敢再越界，但她認為對有森的質問，答案都是肯定的。從平山的陳述，有森的確是違法偵訊。關於這一點，有森鐵定心知肚明，卻還是在法官前撒了謊。看來有森確信平山就是真凶吧，否則不會做到這種地步。他想必是為了保護被害者和實現正義，於是寧可賭上刑警的名聲撒謊，並且視為自己的使命。

「正義這玩意兒，實在糟糕！」

餐後，熊邊整理資料邊喃喃自語：

「為了信念賭上聲譽……正義被過度美化了。」

千紗同意。然而，絕不能在這裡認輸。

「接下來還要質問今井，據說他容易感情用事，好好進攻應該會有所突破。無論如何，下一回合繼續加油。」

「嗯，還有ＤＮＡ重新鑑定。」

說完，千紗的手機響了。

是真山打來的。千紗立刻接聽。

「不知道該不該在這時候說，但結果出來了，我想妳還是先知道比較好。」

真山指的是池村明穗頭髮DNA重新鑑定結果。比預期的還快。是心理作用嗎？感覺真山的語氣很無力。

「我直接說結果吧：完全符合。」

「什麼意思？」

「平山車上殘留的頭髮DNA，經過STR檢驗法重新鑑定，證明的確屬於池村明穗。」

猶如遭到一記痛擊。

原本走在前方的熊已經消失在視線中。可惡……這是唯一的希望了，沒想到……這場仗要怎麼打？只要能夠推翻車內頭髮這項關鍵物證的檢驗結果，路就打開了，如今卻……

「或許是一場連跨出第一步都很艱難的硬仗。受到很大的打擊吧？休息一下，後面的就交給熊。」

妳已經做得很好了……真山略顯無力地為千紗打氣。通話結束後，千紗還是沒放下手機。好不容易回過神，發現眼前的熊正憂心地盯著自己。

「難不成是重新鑑定的結果……行不通？」

千紗緩緩點頭。熊看著窗外的藍天嘆了口氣。絕對性證據沒能被推翻。豈止如此，還在二十一年後，透過已大幅提高精確度的鑑定方法，證明了當年證據的可信度。況且，這次的鑑定交由可信賴的專家執行，那人即便受到檢方壓力也會抵死反抗，因此鑑定結果不可能出錯。混帳！明明約定好不說謊……平山果然是真凶嗎？

——不，不對。

千紗內心浮上另一種思考。這種思考吸收了各個思緒，快速膨脹。沒錯，還沒結束。還有機會！

「下午對今井的證人質問由我來吧。」

熊的聲音好遙遠。千紗始終不語，熊擔心地看著她。此時千紗正在釐清思緒，而且逐漸清晰起來。頭髮是池村明穗的，這點千真萬確。可是，平山也沒有說謊。這麼一想，真相就很清楚了。

「不，我要再戰。」

「……千紗。」

「沒事，我不會因此受挫。」

經過證人的等候室，千紗嚴厲的目光掃過等候室前方。之前嘴上說信任平山全然憑直覺，說不上來原因，但此刻，千紗終於明白了真相。

「熊大哥，絕對是警方捏造證據。」

「捏造？」

「嗯，他們拔了頭髮放在平山先生的車上。」

熊張大了嘴。沒錯，一定是這樣。自然掉落的頭髮通常沒有髮根，不可能做DNA鑑定。倘若平山車上的頭髮仍殘留髮根，很可能就是從遺體上拔起來故意放到車上。

此番推理的另一項根據，來自千紗本身的記憶。當年自己遭綁架後便完全昏了過去。假設歹徒是同一人，池村明穗照理說也會和千紗一樣，在毫無抵抗的情況下被帶走，不可能因為掙扎而扯掉頭髮。

回到三方協議的會議室，千紗靜靜等待檢察官和法官到來。

閉上雙眼，仔細回想本案至今的發展，以及二十一年前的真相。警察無疑捏造了證據，還為了配合證據而改寫筆錄。既然敢做到這種程度，表示能證明平山是真凶的證據根本不存在。他的確是無辜的。

「怪物……」，千紗喃喃說著，聲音低不可聞。

從前，千紗將綁架自己的犯人視為怪物，此刻依然如此。然而，一臉正義凜然卻將罪名栽贓給平山的人們，不也是怪物嗎？除了犯罪之人，這世上還存在著另一頭怪物。我要戰鬥。我要擊倒這些怪物。儘管即將迎來繼上午的質問後另一場對峙，加上重新鑑定的結果對辯方極為不利，但千紗的鬥志與憤怒彷彿才剛被點燃。

以審判長為首，三名法官和一名檢察官走進來。

「那麼，我們再開始吧。」

接著，一個頂著二分區式髮型的黑西裝男人以證人身分現身。今井琢也。此人正是逼迫平山自白的主要人物。

「辯護人，請開始質問。」

「首先要請教你，對於當時發生的一連串案件，你應該非常努力，想盡辦法要逮住犯人吧？」

當然，今井回答。

「那時我的小孩才剛出生，一想到換作是我的小孩被殺了，就覺得非把凶手揪出來不可。」

根據熊的調查，今井很年輕就結婚了，目前已離婚，而且離婚後沒見過小孩。

「因此，你對再審聲請人平山聰史施加暴力，強迫他做出自白，對吧？」

今井像擦澡般揉搓著脖子。

「不對，他是自己認罪的。」

「直到第十一天為止，再審聲請人都強烈否認犯行，第十二天卻突然自白，你不覺得奇怪嗎？」

「這要問平山。我們只是根據他的口供，公事公辦記錄下來。對了，也將寫好的筆錄在他面前覆述過一遍。」

跟有森的說法如出一轍，都用了「公事公辦」這四個字。

「我再請教現場檢證的問題。你也一起去了現場嗎？」

「是的，還有幾名偵查員也一起過去。」

「那時是否曾誘導平山做出供詞？」

「完全沒有。」

「除了你之外，其他偵查員也沒有誘導嗎？」

「是的，完全沒有。」

今井重複「完全」兩字。千紗根據平山的陳述，將現場檢證時全體搜查人員的位置以幻燈片展示，並且說明當時離平山較近的是有森與其他偵查員，而今井正在現場四處調查，反倒離平山最遠。

「你說，現場檢證時完全沒有誘導。可是，今井先生，你從當時的位置如何掌握其他人的狀況？我認為從你的視角，應該看不到其中幾名偵查人員。」
媽的，居然問這麼細！今井很想爆粗口，最後只露出苦笑。
「那我收回這句話。我要說的是，要是曾有任何強迫誘導情事，平山應該會反彈或出聲抗議吧？但是現場並沒有發生這樣的事。」
「但是，也無法主張其他偵查員都沒有誘導的行為吧？」
「或許吧。但就我所知，並沒有誘導這回事。」
讓他撤回部分陳述的策略成功了。但光這樣還不夠，況且今井已經有了防備，對於千紗質疑邏輯上的問題，他回答得異常冷靜。依這種狀況追問下去，會和上午一樣，被他們撇得一乾二淨。
「本案展開正式調查後，很快就鎖定再審聲請人。警方依據何在？什麼原因讓警方懷疑平山先生是凶手？」
今井頻頻點頭。
「是高木悠花失蹤案。妳聽過吧？平山也被懷疑是這起案件的犯人。」
今井的話變多了。千紗逮住機會猛攻。
「警方有什麼證據？」

「一名老人目擊他犯案。但後來判斷無法完全採信老人的證詞，才沒進一步追究平山。」

「你認為再審聲請人是高木悠花事件的犯人嗎？」

「是，那傢伙……」今井說到一半停住。「抱歉，這是我私底下的看法，不便奉告。」

千紗原本想讓今井脫口說出對平山的偏見，可惜他不上當。但可以確定他的確比較情緒化。

「你的意思是，當時偵查員都懷疑再審聲請人是高木悠花事件的犯人；到了本案也是，你們一開始就懷疑他了，對吧？」

「呃，應該只有我這麼想。」

看得出來他在壓抑情緒。這男人基本上與有森一樣，都抱持著不可縱放犯人的信念，但進一步觀察便感覺得到兩人之間的差異。對今井而言，不惜出手攻擊犯人也絕不能放過，同時也滿足了他內心的攻擊欲望。

「為了揪出犯人而不擇手段，你同意這種做法嗎？」

「不同意，應該在合法範圍內執行正義。」

還真敢說啊！再攻下去可能適得其反，這場仗的贏面變小了。明明看見真相卻無法追究，教人心浮氣躁。儘管如此，此時千紗的頭腦卻很清晰，這點倒是不可思議。今井認定他已經贏了吧，但愈這麼想愈容易栽觔斗，只能攻其不備。尋常手段走不通，就來個亂槍打鳥，說不定就打中了。只要能攻陷這種人自詡的正義即可。

「那麼，今井先生，你認得我嗎？」

千紗摘下眼鏡。今井果然顯得一副措手不及，快速眨著眼睛。

「嗄？不認得。」

「二十一年前，我以綁架案被害者的身分，接受過你和有森先生的訊問。」

今井瞬間睜大了眼，張著嘴愣在原地。

「我想要知道誰才是綁架我的真凶！我不認為平山聰史是綁架我的人！」

千紗紅著雙眼瞪視今井。今井活像被蛇盯上的青蛙般，動也不動，連眨眼都忘了。

檢察官忿然起身。

「辯方的陳述與本案無關。」

「異議成立。」

遭到告誡後，千紗道歉。連續兩次突襲，不是辯護人應有的行為，說不定會受到懲處。

但審判長似乎不常遇到這種亂槍打鳥的突發狀況，沒多說什麼。

今井彷彿受到打擊般，低下頭來。好機會。被懲處也無所謂。全身燥熱。千紗深呼吸，以穩健的口吻對今井說：

「案件前十一天，再審聲請人從未針對本案說過一句話，卻在妹妹死後全數招認，甚至詳細說出棄屍地，連一般不易記得的細節都說得一清二楚，都是因為警方誘導他招供，然後做了筆錄，對吧？」

今井略微抬頭，視線似在遠方游移。

「你很清楚證據根本不足，但是，你認為不能放走嫌犯。你那不能縱放嫌犯的正義感綁架了你，對吧？」

沒有回答。今井的視線已經離開這個房間，飄向遠方。他的嘴巴半開，卻沒出聲。審判長皺著眉頭催促，他才終於吐出蚊子般低沉的哀鳴聲：

「我不覺得這麼做有問題。」

千紗正想再開口質問，今井搶先說了：

「是我讓平山那樣說的。」

聲音微弱，卻仍迴盪在三方協議的小空間內。我聽錯了嗎？千紗懷疑起自己的耳朵。熊則是張大嘴巴。坐在對面的檢察官一臉驚嚇地從椅子上彈起來。審判長瞪大眼睛，其他法官的反應也如出一轍，就像在網球場上目光追著球跑的觀眾。

「讓他那樣說？什麼意思？」

千紗追擊。今井閉目，不發一語。片刻後才緩緩開口，神情漠然。

「我的意思是，一切都是搜查單位捏造的。」

聽了今井的證詞，檢察官張著嘴，卻只發出意義不明的聲音。

態的嘴巴還沒閉上。千紗被這段意外的供述衝擊得全身沸騰。我在做夢嗎？……今井的話是真的吧？從沒想過會在這種情況下聽到真相。

「我也一直很痛苦。」

今井甩了甩頭，仰頭凝視天花板。

「就算搜查和偵訊過程是違法的，卻是將犯人繩之以法的唯一手段，就不該猶豫。我始終認為這就是正義，但直到現在，我仍受到良心苛責。」

今井這番話與三方協議並無直接關係。然而，檢察官沒有提出異議，只是茫然地任由他發言。

「回到證人質問。今井先生，那份供述筆錄是你寫的嗎？」

「嗯，是我和有森先生寫的。我們試著改寫得合乎邏輯。」

確定了搜查員違法偵訊的事實，光憑這點即構成再審理由。千紗感覺身體變得輕飄飄的，接著質問今井：

「警方從再審聲請人的車上找到池村明穗的頭髮。既然你說一切是捏造的，那麼，證物頭髮是怎麼回事？」

「是我放的。從那孩子的遺體上拔的。」

突然間，今井將雙手覆在臉上，像動物般悲鳴出聲。從法官和檢察官的表情來看，似乎不打算阻止。

「直到現在，我都還感覺得到這隻手去拔了孩子的頭髮。」

今井注視著發顫的右手。

「一直抖個不停。」

聽到了今井口中決定性的證詞，坐在一旁的熊雙眼發亮，抬頭看著千紗。這下子，剛出爐的鑑定結果完全失去意義，因為刑警已經坦承是自己放了頭髮。將平山入罪的關鍵證據轟然瓦解了。

接下來的質問形同棒球比賽中的「消化試合*」。千紗並未咄咄逼人，但今井全都坦承不諱。這段由現場第一線執勤刑警做出的證詞，有著不容他人反駁的真實感。

「為什麼再審聲請人在現場檢證時，有辦法指出棄屍地點？」

「就像遛狗一樣啊。主人拉著牽繩讓狗往前走就對了。」

絕妙的比喻。的確，平山乍看之下是自主移動，但只要走錯方向，刑警就會拉緊狗繩，讓他前往主人想要他去的地方。

「有森先生說，用眼睛拉繩子。」

今井繼續招認。內容完全佐證了千紗的臆測。今井表示，自從進行違法偵訊和搜查，並且捏造證據後，二十一年來始終活在痛苦中；直至今日，每每想起自己從池村明穗遺體上拔頭髮的舉動，右手便顫抖不止；後來辭去刑警工作，就是因為再也受不了這種煎熬。

「我並不想那樣做。」今井痛哭失聲。

意料之外的場景在眼前展開。千紗剛當上律師時，前輩便告訴她，質問證人時，不能期待對方的善意，也幾乎不會出現電視劇中證人推翻虛偽證詞後痛哭的畫面。

然而，人心難以捉摸。千紗原以為面對重感情的有森，動之以情的戰術或許有效；沒想到反而是眾人眼中較冷酷的今井犧牲自己，供出警察的不法，教人跌破眼鏡。盡忠職守

＊ 源自日本棒球，亦指季賽或盃賽已經確定排名結果，仍然必須完成的賽程。

的今井出於職責使用了暴力，或許私底下的他只是個老實人。
三方協議又進行了約莫一小時，在天色暗下來前結束。
「請再叫我過來，不管當著誰的面，我都會實話實說。」
今井已經停止哭泣，恢復冷靜，露出了堅毅的表情。
法官應該相信這是一樁冤案了吧。現場取得共識，會再度傳喚有森，也會傳喚當時指揮現場的搜查負責人及檢察官瀨戶口，以便釐清真相。
一般來說，即便通過再審聲請，離再審無罪仍有一段遙遠的距離。但本案不同，池村明穗的頭髮這項關鍵證據，今井已供認是捏造的。倘若判決結果為重啟再審程序，恐怕檢方也難以即時抗告。此時此刻，駱駝穿過針孔了。
結束漫長的協議後，千紗與熊步出高松地院。
「千紗，太了不起了！妳創造了奇蹟！」
揪出真凶。這才是千紗內心真正的目標。儘管才剛起步，她依然感到欣慰，因為最後一搏奏效，證明真的可以化不可能為可能。
「熊大哥，這場仗才剛開始呢。」
晴空蔚藍無雲。千紗伸出小拳頭碰了碰熊碩大的拳頭，臉上浮現愉快的笑容。

第三章　以正義為名的罪惡

1

回家時，發現窗戶破了。

戴著草帽，正在幫小番茄澆水的鄰居老夫婦，一見到有森便慌張走入屋內。

蟬聲唧唧中，自家周邊停了好幾部車。炎炎日照不僅逼出滿頭大汗，還似要催出無奈的嘆息。

「有森先生，可以請教幾個問題嗎？」

不知哪來的電視臺或雜誌記者，一副終於逮到機會的模樣爭相堵上麥克風。一名女記者不斷喊著要採訪。

「你有話想對平山先生說嗎？」

假，暫時不去上班。

「你道歉了嗎？」

再審聲請審查出現意想不到的發展，在媒體輿論間引發軒然大波。

有森數次被傳喚到庭，詳細說明當時的指揮系統。因此，他先向被害者支援中心告

「有森先生，都是出於你的私心，才導致了這樁冤案吧？」

「保持沉默，代表你根本沒打算反省對吧？」

多說無益。打破窗戶的就是這些人吧？不，或許不至於。有森按捺住想狠狠瞪他們一眼的怒氣，穿過媒體陣仗走進屋內，然後緊緊鎖上門。

如坐針氈。原本打算在這裡度過退休生活，看樣子得搬家了。先拿膠帶補好破裂的窗戶吧。雖說是咎由自取，但真沒料到事態會演變至此。

補好窗戶後，關上窗簾，洗澡，準備晚餐，打開電視。野鳥節目剛播完，目前是晚間新聞。頭條便是綾川事件重啟再審。沒想到會這樣……心情惡劣到了極點，轉了臺，螢幕上出現熟悉的面孔。

「嗯，我做錯了。」

哭喪著一張臉的大光頭，是今井琢也。主持人和節目評論員圍著今井發問，今井則是

字斟句酌謹慎回答。

「今井先生，我們知道你相當自責。可這次的事件引出一個更嚴重的問題。要你將明穗的頭髮放在車上的人，到底是誰？」一位大學教授來賓追問。

「你要是對平山先生感到愧疚，就該說出幕後的事實。我想全國民眾也都期待你公布真相。」

主持人與來賓一搭一唱。今井露出痛苦的表情，垂著頭搖晃身體，過了一會兒，再度抬頭說：

「沒有人明確指示我將頭髮放在車上。雖然的確有人暗示我：你懂意思吧。包括刑事部長和檢察官。他們說，這樣下去沒辦法審判，要有證據才行。」

攝影棚裡一陣譁然。

「換句話說，你捏造證據是因為來自上面的壓力？」

「是的。」今井大大點頭。「看起來像是我在找藉口，但我真的不想那樣做。後來改變心意，是在搜查本部一起執行偵訊任務的前輩推了我一把，他當時說，只有你了。因為他是值得尊敬的刑警，我不能辜負他的期待……」

有森聽到今井這番話，血液瞬間衝上腦門。只有你了……確實說過。但當時的用意很單純，只是想告訴今井，綾川署裡能派上用場的年輕刑警就剩下你了。這是為了鼓勵並激發今井的幹勁才說的。

二十一年前，平山接受審判時，有森才知道是今井栽贓了池村明穗的頭髮罪證。從檢察官瀨戶口口中得知此事時，有森相當吃驚。在那之前，有森一直以為那只是平山做案時的失誤。正因為相信證據是真的，因此現場檢證時才不容平山裝傻而加以誘導。

話雖如此，該擔的責任還是逃不了。有森早在判決之前就得知捏造證據一事，因此還是可以進行告發。然而他保持沉默，這並非出於對警察組織的忠誠，而是自身也認定非將平山定罪不可。

「只有你了……這句話該叫什麼，我想用『子彈』來比喻最合適不過。」另一位作家來賓說道。

「說得沒錯。這麼一來，警察根本和流氓沒兩樣，太過分了。加上沒有明確的指令，高層或許早就準備好退路，萬一出事就推說又沒要他那樣做。」主持人連聲附和。想到池村敏惠或許也在看這個節目，有森便難受得抱頭。

關掉電視準備吃晚餐，卻食不下嚥。

媒體總算走光了。關掉電燈，打算提早上床時，電鈴響起。從貓眼看出去，是一名熟識的資深記者。他過去的採訪總是帶著幾分惡意，令人不快，但此時他叫喚有森的聲音聽來卻很溫暖。沒帶相機，似乎是空手來的，也許是來表達關心。

「是你啊，進來吧。」

蓄著鬍子的記者說聲「打擾了」便走入屋內。他任職於當地報社，和有森是舊識。

「事情鬧得真大！」資深記者一屁股坐在椅子上。

「唉，自作自受。」

「這個社會真無情啊，人只要一出事，就算過去再努力，都會被損得一文不值。」

有森不喜歡被同情，因此不作聲。

「我啊，有森先生，我認為尤其在這種時候，更不能被模糊焦點。或許搜查過程有瑕疵，但我不認為這樣就表示平山不是兇手。」資深記者身體略微前傾。「當年我也在線上採訪，所以很清楚。高木悠花的事件中，有個老先生明確指證平山帶走了女孩，也有父母控訴女兒遭到平山偷拍。那樣的惡魔，在這平靜的小鎮上總不可能一下子出現好幾個吧。」

這陣子耳邊淨是責難，因此男人這段話的確安慰了有森。沒錯，捏造是一回事，平山是否為真兇又是另一回事。有森並不認為兇手另有其人。

「有森先生，該你反擊了！」

「反擊？」

資深記者「嗯」一聲，撫摸著下巴自豪的鬍鬚。

「再審時，你要拿出平山就是凶手的新證據。被告通常再審後會改判無罪，但這次不見得。我們可以讓它成為一次前所未見的再審。」

從來沒想過。再審聲請審查的攻防戰後，倘若檢察官坦承錯誤，按照流程，沒多久便會進入實質再審程序，並做出無罪判決。但真要說起來，並非就此確定平山無罪。

「有森先生，所以，我要確認一件事。」

「什麼事？」

記者先說「這可不能有模糊空間」，停頓一下，接著說：

「我想聽你的真心話。你認為平山是冤枉的嗎？」

「我不認為。」有森立即回答：「平山就是凶手，我不會改變這個立場。」

察覺有森斬釘截鐵的口氣，記者大力點頭：

「就是嘛，像你這樣努力維護市民安危的刑警，怎能落到這種下場，我來幫你！我們一起讓真相水落石出！」

有森大力點頭。

記者說的沒錯。恢復名譽的最佳方法不是揪出其他凶手，而是證明本身的判斷是正確的。不論多麼困難，我都要奮戰到底。

兩人聊了一會兒後，記者離開。果然這種時刻還是要靠熟人，那傢伙的確讓自己多少振作起來。能夠真誠地說出內心的想法，真是太棒了。

有森從窗簾縫隙凝視著才剛補好的窗玻璃。看來是附近的小鬼頭做的。打破玻璃的動機不是因為義憤，單純只是想懲罰壞人、滿足攻擊欲望。但也沒力氣去控訴了。

有森很清楚，他的確犯了錯，即便那是為了社會正義，依然不可原諒。話說回來，目前最在意的仍是池村明穗的母親，敏惠，她現在是什麼心情呢？

有森避開媒體耳目，溜出家門。一走進預約好的租屋公司便一屁股坐下。年輕職員接待有森，詳細詢問各種條件。有森表示，只要能盡快入住就好。職員在電腦上搜尋物件。

有森從寫著「歡迎享用」的盒子裡拿出一顆糖果放進口中。他的公事包裡放著印鑑、存款簿等簽約必備物品，還想到可能需要現金而在過來之前特地領出五十萬圓。

接著打算去支援中心，因此希望搬家的事能夠速戰速決。只要租金不貴得離譜，怎麼都好。

「這幾間，請您過目。」

五分鐘後，年輕職員列印出三個物件，拿給有森。上頭寫明屋齡、距車站幾分鐘路程等詳細資料，但有森的目光只掃過租金，然後選了一間最便宜的。

「好的，要現在去看嗎？」

有森搖頭，然後從公事包裡取出印鑑。

「不必，這樣就行了。」

「您不去看房子嗎？」

「不看了，能最快搬進去的就好。」

新居爽快定案。儘管租屋公司的職員一臉驚訝，但有森一點也不在意居住條件。他只擔心不請自來的訪客會阻礙他要做的事。

簽完租賃契約，搭乘琴電前往支援中心。

自從平山被釋放後，有森還沒見過敏惠。事情演變至此，不知她作何感想？有森目前雖暫時請假，但仍想見敏惠一面，聽聽她的心情，即便被痛罵一頓也無妨，畢竟是自己背叛了她。

支援中心位於瓦町。從琴電下車後，走入商店街。幾個路人回頭看有森。不會是心理作祟吧？雖然這起事件被新聞炒得沸沸揚揚，負責搜查的刑警都遭到大肆抨擊，但民眾應該無從得知刑警的長相。

望見支援中心所在的大樓。管理室裡認識的警衛正在打哈欠。

「阿勉，池村女士有來嗎？」

管理員沒看向有森，歪著脖子「呃」了一聲，有森正想再開口，管理員卻猛然起身說：

「啊，不好意思。」隨即匆忙離去。

認識他七年，頭一次態度如此冷漠。新聞連續播報好幾天，想必所有人都知道有森的事了。

走上三樓，查看白板上的排班表。敏惠應該還在諮商。有森想等到休息時間再找她談話。但沒多久，聽見諮商室傳出一聲大吼：

「妳根本不懂我的心情！」

是一位女性諮商者。接著是一陣嚎啕大哭。

「算了！」

門被粗魯地推開，一個眼皮紅腫的女人衝出來。

女人沒搭電梯，而是快步下樓。「等一下！」敏惠追上去。

有森跟著跑向樓梯，聽見了外頭傳來車門「啪！」猛力關上的聲響。有森從樓梯轉角的窗戶向外看，只見那女人正要駛出停車場。

被害者的精神狀態都相當不穩定。即便真誠以對，但只要一個不小心，話語間就可能刺激到他們。敏惠還好吧？身為支援者，她已經夠努力了，即便她本人才是真正需要被安慰的人。

敏惠緊抓樓梯的欄杆扶手，腳步沉重地爬著。時機糟透了，但不能逃走。

「池村女士。」

敏惠聞聲抬頭。有森想為平山的事說抱歉，卻沒能說出口。敏惠立刻別開視線，低頭不語。

就這樣，敏惠走回諮商室。有森想追上去，卻無法移動腳步。不論說什麼都像是在找藉口吧。

心好痛。寶貝女兒遭到虐殺，花了二十一年好不容易才平靜下來，恢復正常生活，哪裡料到已定罪入獄的凶手卻因警方的無能而獲釋……敏惠此刻是怎樣的心情？是不是再也不想跟我說話了呢？

——走吧。事到如今……

有森深深一鞠躬，沮喪地走下樓梯。

原想至少對敏惠說聲對不起。但一句對不起能安慰她嗎？恐怕說什麼都是徒勞。

有森走出支援中心，在商店街晃盪。

或許，他最終只是想獲得敏惠的原諒而已。如今，自己能做的，並不是向敏惠道歉，而是像那個資深記者說的，證明平山就是千真萬確的罪魁禍首。

走過電器行，傳來一個老人的聲音。有森抬頭，只見老人微張著嘴，略顯驚慌地看著他，又轉開頭。順著老人的視線，目光停在電器行的大電視上。

有森驚愕地呆佇在原地。

「我想聽你的真心話。你認為平山是冤枉的嗎？」

電視上正在播放一段採訪錄影，一張比今井還要熟悉的臉龐正被大大特寫著。

「我不認為。」

畫面上語氣斬釘截鐵的男人，正是有森。這是昨晚在家裡與那名記者交談的內容，只不過其他部分被剪掉了，僅反覆重播這一段有森對於平山的真心話，並且打出一行標題：

「綾川事件前刑警斷言　平山就是凶手！」

「平山就是凶手，我不會改變這個立場。」

有森面對鏡頭，措辭堅定。怎麼回事……？我的確這麼想沒錯，但我可不記得我允許那男人拍攝啊。難道是偷拍？然後賣給電視臺。那個混蛋！全身體溫急速竄升。

根本沒獲得有森許可，有森無疑是被害者，要告絕對告得贏，可是，哪還有力氣去提告。太可怕了，有森被那個記者出賣了。明明誰都不信任，卻相信了那傢伙……

壓抑吶喊的衝動，有森連忙逃離商店街，搭上琴電。

今井、那名記者……突然間形同陌路的人，滿腹委曲，想極力控訴遭到眾人背叛，可怨恨已無意義。儘管不甘心，但那記者說的話也許是對的。

平山是殺人凶手。既然確信，就不能坐視不管。有森在搖搖晃晃的琴電中，不斷告訴自己：「該你反擊了！」

2

熱氣蒸騰，一輛白色休旅車駛出停車場。

駕駛是香川第二法律事務所的事務員。千紗坐在第三排，看著前面的乘客。

一名頭髮灰白的男人坐在熊旁邊，對著車內東張西望。男人目前的身分是無業，他正在服無期徒刑。

「平山，怎麼了？」副駕駛座的老人開了口。老人是平山的高中導師，曾在綾川事件的公開審判上出庭為平山作證。

「不必那麼緊張，別在意媒體。」

平山輕輕搖頭，露出微笑。

「不是，我不在意媒體。我只是覺得這部車好安靜。」

平山似乎不擔心媒體，只是因為頭一次搭油電混合動力車，對行駛間的靜謐感到新奇。

「畢竟二十一年前，油電車還不普及啊。」

「行駛在路上這麼安靜，要是路人沒察覺車子經過，不是很危險嗎？我剛剛就嚇了一跳。」

熊配合老人，拿出手機給平山看。

「平山先生，當年也沒有智慧型手機吧？這種手機能打電話，還能上網、拍影片喔。」

平山很感興趣，熊便教他如何使用手機。

「平山先生以後也需要一支手機吧。」

不一會兒，休旅車沒從常走的對外門，而是從後門駛出。常走的門外正聚集大批媒體，算準平山出來的時機。

一週前，再審聲請審查決定重啟平山聰史的再審程序。

一旦決定再審，檢察官通常會向高等法院即時抗告，然後進行長達數年的訴訟。但這次很特別。作為定罪證據的平山車上的頭髮，以及偵訊時的自白，都在不久前，由當事人今井琢也承認為捏造。

接著召開的再審聲請審查中，另一名當事人有森義勇也承認違法偵查，但否認命令今井放頭髮在車上。於是傳喚當年的刑警部長及檢察官瀨戶口等人，以釐清何人指示今井栽贓證據、抑或是否知情，還是純屬今井的個人行徑。最終這部分情節仍存在爭議，指揮系統的違法行徑就此草草結案。另一方面，既然今井明確坦承自己放了頭髮，形同已毫無證據可判定平山有罪。

「真的很謝謝兩位。平山能夠出來，都是你們的功勞。」

「哪裡，我什麼也沒做，都是千紗的功勞。」

熊甩了甩手說著。前導師轉頭向千紗深深鞠躬。

「我這個聲援會會長實在太丟臉了，什麼事都沒做。二十一年前也完全幫不上忙。平山，真對不起你。」

面對導師的歉疚，平山僅輕輕點頭。

雖然尚未正式展開再審，但在千紗的要求下，高松地檢做出停止執刑處置。刑事訴訟法第四百四十二條：「再審聲請，無停止刑罰執行之效力，但檢察官於再審之裁定前得命停止執行。」依規定，平山從得知消息的當天起停止執刑。長達二十一年的牢獄生活終於結束。

「平山先生，接下來想做什麼？」

聽熊這麼一問，平山想了想，苦笑以對。

「我想去掃墓。想趕快告訴父母親和妹妹這件事。」

「哎，對啊。」

「其實我原本打算更早、也就是在妹妹去世前就告訴她。我想對她說，哥哥的冤情已經洗清了……」

熊點點頭。千紗望著平山悲傷的側臉說：

「接下來，我們要全力打贏無罪判決官司。」

還有相關的程序要走，不會立即展開再審。但只要進入再審，幾乎可確定是無罪判決。

決定重啟再審程序後，很多人前來道賀，盛讚根本是奇蹟。在推落幼童致死案中一戰成名的年輕女律師再次出擊，將一般認為毫無冤案可能性的綾川事件，戲劇性地導向再審無罪……千紗轉眼間變得炙手可熱。但她對媒體湧來的採訪邀約頗為困擾。

車子開上瀨戶大橋。平山伸手輕輕拔著頭上的短髮，遠遠眺望瀨戶內海群島。

千紗盯著他的側臉，內心無來由浮上一個念頭：

真的不是這個人嗎？

千紗輕輕甩頭。不行不行不行……身為辯護人，到底在想什麼啊？就是這種典型的偏見造成了冤罪。

不久前，幾乎所有日本人都認為平山就是真凶。儘管停止執刑，想必仍有不少人懷疑凶手是平山吧。即便證明警方違法偵查，也不代表平山是無辜的。豈止如此，不少人內心仍存有成見，認定曾遭警察懷疑的人就是罪犯。

「我認識的人不少，若想再投入職場，我去拜託一下就好。只是出了名後，要做一般的工作可難了。在再審無罪判決出來前，不妨先接受幾個採訪，放鬆一下，以後的事慢慢再想。」

「事情能走向這樣的發展，平山先生應該要感到開心。」

老人與熊兩人一搭一唱。然而平山的神情始終透著憂傷。

終於抵達法律事務所，停車場上停了一部陌生的車子。老舊自動門艱難地打開，彷彿在回應熊那句「我回來了」。原以為面對好不容易脫離牢獄生活的平山，事務所成員會像上次迎接千紗那樣熱烈，沒想到所內一片安靜。

「已經到了嗎？」

熊詢問事務員穴吹英子，她「嗯」了一聲，視線投向接待室。

「我請他去接待室等候。」

「哦，謝了。」

身形魁梧的熊走在前面，領著千紗和平山前往接待室。

打開門，裡面坐著一名光頭男子，看到站在熊背後的平山，立刻起身。

「該說什麼好……」男人說到一半語塞。這名光頭男子是前刑警今井琢也。再審聲請審查時一身流氓似的打扮，以至於千紗當下沒有認出來。就是那偵訊時對平山施暴、強行逼供的男人。也是將死去女孩的頭髮放在平山車上，讓他被判無期徒刑的男人。平山在再審聲請審查之前，曾說今井是魔鬼。

「平山先生，真的很對不起。」

今井崩潰地當場下跪。連連說對不起，還不斷磕頭。平山一語不發，俯視那下跪謝罪的身影。二十一年前咬定平山是凶手，誣陷他入罪的男人，此時在眼前拚命乞求原諒。眼下平山是什麼感受呢？多少覺得出了一口氣吧。

「今井先生，多虧了你才能打贏再審官司。要不是你寧可和檢警體系為敵，也要說出當年的偵查真相，根本不可能重啟再審。」

躊躇再三，千紗還是幫今井說了好話。要在那種氣氛下說出對辯護方有利的證詞，絕對需要莫大的勇氣與覺悟。即便他懷著不堪檢驗的正義，實際上卻也飽受良心苛責，比起當年的刑事部長和前檢察官瀨戶口至今仍不肯認罪，可來得好多了。

今井的下跪謝罪長達三分鐘之久。

熊擔心地來回看著平山和今井。平山冷眼俯視，似在洞察今井的真心。

氣氛變得凝重。

不一會兒，平山轉身背對今井，拿起接待室桌上的麥茶一飲而盡後，將嘴裡的冰塊緩緩咬碎。離開接待室前，平山完全沒對今井說半句話。

「接下來就請各位多多幫忙了。」

前導師說完，轉身追上平山，離開事務所。據說已在丸龜市幫平山準備好新住所。沒多久，今井也離開事務所。

千紗深深吐了一口氣，頹然坐在椅子上，一口喝光了茶。

熊拿來幾封信和傳真，大都是對平山的鼓勵與同情，但也有少數不友善的內容。

這時穴吹在旁邊嚷著：「太過分了吧！」千紗逐一看著手上的信件和傳真。

——大家都認為平山是殺人凶手，警方也費盡千辛萬苦才抓到他，現在放了他，要是他又去殺人，你們承擔得起嗎？

——媒體報導高木悠花事件明明有目擊證詞，卻無法藉此逮捕平山。難怪警方想捏造證據。同樣的案件怎麼可能都在那段時間接連發生?! 大家都知道，凶手只有一個，就是平山！

——就算警方犯了錯，但平山是殺人犯的事實不會改變。你們還要把他塑造成一個受了冤屈的悲劇英雄嗎？然後他再靠演講、出書海撈一筆。太荒謬了，根本殺人魔！

千紗覺得一陣噁心。前幾天，電視才播出有森的專訪，他至今仍確信平山是真凶。儘管批判聲浪如暴風雨般襲捲電視臺，卻也有不少人表示「說得好」。千紗並不認為贊同者都來自當年的檢警系統，然而，就像手中這些信，肯定還有很多人認定平山就是真凶。

只要曾遭到警方懷疑，在真凶尚未落網前，所謂的嫌犯就撕不掉危險人物這號標籤。

這不是因為人們信賴警察，而是人們心中有著遵從強大力量的意識，於是，曾被這股強大力量排除在外的人，要重返社會就比想像中困難許多。

倘若無罪，曾經的嫌犯就和普通人沒兩樣……即便大眾想如此看待，終究難以視其為普通人。要是讓你跟一個洗清罪名並獲得保釋的「殺人魔」獨處一晚，任誰都會嚇得魂不附體吧。

「要完全無罪，太難了。」熊嘆了口氣。千紗大力點頭表示認同。

即便再審做出無罪判決，世人的認知也不會改變。只要真凶不現身，就不會結束。

「咦？千紗，妳要走了嗎？」

「嗯，還要去一個地方。熊大哥，你知道高木悠花事件的目擊者住哪裡嗎？」

「妳是說川田清先生？知道是知道，但妳為什麼……」

千紗表示無論如何都要去見老人一面，聽聽他的說法。熊顯得不知所措，露出為難的表情，但還是找出律師吉田九十郎留下的紙條，將川田清的地址告訴千紗。

「我還會再來！」千紗說完便離開香川第二法律事務所。

開了窗戶，車內依然燠熱難耐。千紗忍著等身體降溫，但汗水直冒，還是開了冷氣。

找出真凶是警方的職責，不是律師的工作。但千紗內心另有盤算，倘若綾川事件真凶與綁架千紗的歹徒是同一人，那麼找出這個人就太重要了，而千紗也才能好好活下去。

遺憾的是，目前幾乎毫無線索。千紗看過吉田九十郎留下的調查報告，他一度努力查訪，企圖找出犯人，卻始終沒發現可疑人物。真要說起來，只有一則高木悠花事件的目擊證詞。據稱當時悠花獨自在滿濃町一處公園玩耍，一位住在附近、名叫川田清的老人，聲稱看見一名年輕人帶走悠花。

千紗驅車前往滿濃町。汽車馳騁於綿延在田園風光的鄉間小路，對面是連綿山峰。由柵欄圍住的池塘映入眼簾，還有幾處老聚落和幾座小公園。公園裡設有蹺蹺板、鞦韆、攀登架等常見遊樂器具，但不見孩子們遊玩的身影。

老人的目擊證詞是最後一道線索，之後悠花便失蹤了。起初，警方懷疑是否掉進池塘而展開搜索，卻一無所獲；打聽之下，才找到川田老人，表示看見平山綁架少女。川田常在那一帶活動，會進出綾川國小，也見過平山。

由於始終未發現遺體，所有人都祈求悠花能夠平安歸來，儘管存活的可能性相當微渺。

千紗放慢速度，在單行道緩緩前進。人口外移以至於空屋愈來愈多。千紗看見龜裂的土牆對面，掛著一塊寫上「川田」的門牌，隨即停車。庭院荒廢已久，雜草叢生。蟬聲唧唧。水缸中的水面混濁，一隻貓想過來喝水，發現千紗後便跳過土牆溜走。

聽熊說，川田目前獨居，已經九十一歲了，恐怕不容易取得他的完整證詞。車棚內停著一部日間照護專車。按下玄關的門鈴，似乎壞了，毫無動靜。

往門內窺視，簷廊一側放著一張照護用的躺床，照護員正在餵一名瘦骨嶙峋的老人喝粥。

「不好意思。」

體重約有老人兩倍的照護員回頭。

「很抱歉，沒事先聯絡。我能不能跟川田先生談談？」

「嗄？但您是哪位呢？」

接著照護員轉向川田，一副「妳看也知道」的態度。老人消瘦得驚人，看起來比實際年齡九十一歲還來得衰弱。千紗遞上名片，表明自己是一名律師，前來調查二十一年前的案件。照護員歪著頭一臉狐疑。

「阿清先生，這位小姐有話跟你說。那我先回去了，好嗎？」

川田伸出彷彿快斷掉的木條般的手臂，輕輕招手。應該還可以溝通吧。千紗低頭致意，走進屋內後隨即開口：

「我就直接問您了。」

千紗將臉湊近，川田的嘴微微張開。

「川田先生，二十一年前，您說看到有人帶走高木悠花，那人真的是平山聰史嗎？」

「啊、啊？」

不知道是肯定或否定。看來是耳背。千紗又大聲再問一次。

「誰？悠花？」

「一個在公園被綁架的小女孩啦！二十一年前！」

「哦？」川田眨了眨眼睛。不行，連被害者都想不起來，更別說犯人了。可就這麼放棄的話，不就白來了。千紗再將臉湊近川田。

「二十一年前，在丸龜、綾川，還有這裡，發生一連串的綁架案。您記得吧？後來只找到池村明穗的遺體，是在綾川町被綁架的。另外還有兩起綁架案。」

「啊，有這種事！」

「我也是當時被綁架的人，我叫松岡千紗。」

松鼠般渾圓的雙眼停止眨動。猶如衝擊療法般的突襲，不僅川田，連照護員都驚呆了。

「二十一年前，您在公園看到的男人，真的是平山先生嗎？」

沒有回應。川田只是盯著千紗，動也不動。

「請您回想一下。平山先生已經獲釋了，但還不算完全無罪。當時您作證，稱平山綁架高木悠花，導致警察懷疑綾川事件的真凶也是他。」

川田的嘴半開著，但沒說半句話。苦等也沒用，千紗接著問：

「平山先生因為偷拍孩童而遭到懷疑，您知道這件事吧？所以，會不會是您抱著先入為主的偏見，誤以為目擊到的凶手是平山先生？」

面對千紗的追問，川田雙眼泛淚，雙脣發顫。

「我不是來責怪您，只是希望您說出真相。現在還是很篤定，您看到的人就是平山聰史嗎？請再回想……」

「喂，別再說了。」照護員打斷千紗。「阿清先生看起來很不舒服。」

她的確像在虐待老人。川田目光游移，嘴脣的顫抖蔓延開來，身體不住晃動。千紗為自己的急躁向老人道歉，並尋思老人也不可能再說什麼了。過了一會兒，川田平靜下來，在床上沉沉睡去。看著安睡的川田，千紗鬆了一口氣。聽照護員說，川田的心臟很不好。

千紗詳細說明原委後，照護員點點頭表示理解。卻也一臉為難地說，川田最近變得更衰弱，來日無多了。

「之後有機會，我再幫妳問問阿清先生吧。」

千紗謝過後，離開川田家。

抱著搞不好會有意外收穫的心情來到這裡，這下認真覺得不可能有斬獲了。

開了一小段路，望見一座小山的山腳下有間稻荷神社。

多少年沒來了？千紗停好車，前往參拜。這是一間小小的稻荷神社，但對千紗而言，卻是救了她一命的聖地。

二十一年前，町內會舉辦慶典活動那天，千紗遭到綁架，後來幸運地從歹徒家中脫逃。她在山路上狂奔，找不到可以躲藏的人家；不見燈光的漆黑道路上，她只記得不斷撥開草叢往前衝，不知身在何方。唯一肯定的是，從來沒有這麼疲憊過。最後，她累得昏了過去，直到黎明甦醒，才知道保護自己的正是這間神社後方的雜木林。

這裡是綾川町，就在丸龜市旁邊，距離千紗家約九公里。警方試圖從千紗身上的泥土和草屑來追查監禁她的地點，但徒勞無功。

千紗在大太陽底下邊拿著毛巾擦汗邊散步。

果然記不得了。當時天色太暗，印象中只有附近的油菜花田……啊，還有歹徒家裡的格局，記得瓦斯爐旁有個小孩子鑽得出去的窗戶、隔壁傳來微弱的女孩呻吟聲，以及那頭可怕的怪物……

逛了一會兒，保特瓶的水也喝完了。今天就到此為止吧，總有一天會還原真相的。千紗邊想著，仰望滿天的積雨雲。

3

失去的東西，比想像中還要巨大。

平山聰史的再審已經進行了六次。推測不久便能結審並做出無罪判決。審判長對於當年的偵查程序嚴加批評，指出搜查本部非改革不可。站在偵查機關的立場，這是莫大的恥辱。刑警有森首當其衝，差點被判處刑事懲罰；瀨戶口同樣受追究，雖然以一問三不知逃過一劫，但在菲亞頓法律事務所已無立足之地。

從那時起，便與警察友人都斷了聯絡。雖然說起來難為情，但有森一直以為自己還算受敬重，沒想到人心如此冷漠。

有森從手機上的通訊錄撥電話給朋友，卻無人接聽。

混帳！又沒人接！即便打給有親戚關係的警察友人，依然沒有人回電。看來都不想和他扯上關係吧。

假設還打算追究平山的罪責，那麼該怎麼做？自從事情曝光後，有森便不斷思考這個問題。如今警察、法院、媒體，全站在有森的對立面。雖然還沒能和池村敏惠說上話，但想必她也無法原諒有森。

走在熱鬧的瓦町，經過了幾間商務旅館和風俗店。儘管在法律上風俗店並不合法，但只要取得警方的默契便能營業。此時此刻，有森更加感受到罪與罰之間的荒謬。到頭來，懂門道的人贏了，循規蹈矩的人哭了，這就是社會的本來面目嗎？

風俗店「春風莊」後面一間小小的透天厝，門牌上寫著「今井」。今井就住在這裡。屋內很暗，外頭也沒有車，看來目前外出。

有森朝當年常和今井一道前往的酒吧走去。

今井是叛徒，他跨越了警察必須謹守的底線。但此時有森心中並未燃起遭到背叛的憎恨。儘管從那傢伙臉上看不出來，但內心想必也備感煎熬。痛苦若能共感，那麼，他是如今唯一想得到的同病相憐之人。

好久沒來了，這家酒吧變得明亮又時髦。爵士鋼琴曲款款流淌，讓女性客人也能輕鬆入店的做法很成功，客人還不少。

吧檯裡站著一個眼熟的小鬍子男人。

「能不能請教一下？」

隨意點了杯馬丁尼。身型略胖的老闆一看到有森，便露出尷尬的表情。

「今井現在如何？」

老闆小聲回答不知道，又說：

「最近都沒來啊。」

「我看你對我有戒心，但你不必緊張，今井雖然背叛了警察，但我可不打算報復他，只是想找他聊聊，畢竟同病相憐嘛。不幹警察後，那傢伙都好嗎？」

眼前這老闆曾經偷賣合成大麻，欠有森一個人情。他應該很清楚有森的處境，但還是擔心有森自暴自棄抖出當時的醜事，於是露出一副「真是夠了」的表情嘆氣說：

「賭博啊，今井的癖好你也曉得嘛。」

的確，有森知道今井好賭，也曾勸他適可而止。聽說他會辭去刑警，就是因為欠下大筆賭債。

「都向地下錢莊借錢了，所以到處躲債。」

有這種事？據說欠款高達三、四千萬圓。老闆拿出一本書給有森，書名是《以正義為名的罪惡》。這是平山獲得保釋後，今井寫的書。

「寧願錯放一百個罪人，也不能錯罰一個無辜的人。」

刑事訴訟法的基本原則為無罪推論。為避免造成冤罪，警察的辦案方式必須相當嚴謹，反覆求證以釐清真相。但事實上，在非逮到犯人不可的壓力下，搜查本部若是已有定見，無罪推論原則便會遭到扭曲；扭曲了便再也無法導正，而且，愈一本正經的刑警愈容易如此。

絕對是那傢伙！萬一不是，那我就引咎辭職。一旦將逮捕犯人歸案的目標視為唯一的正義，不知不覺間，警察便將無罪推論原則拋諸腦後，也不打算徹查鎖定的嫌犯是否為真凶，「以正義為名的罪惡」於焉誕生。

雖然猜想不是今井本人寫的，有森還是被捅到了痛處。但因深知今井從警時期的作為，有森真想回嗆一句：「還真敢說呢！」唉，算了，無論如何，從內容看來今井似乎悔不當初，反覆痛斥自己是個人渣。

「很多人都說，今井在書中將刑警時期的黑料全赤裸裸寫了出來，可是，他提到的私生活根本與事實不符。今井說這二十一年來，他一直為所謂刑警的正義苦惱不已，還因此離婚。但其實離婚的真正原因是他搞外遇，離婚後也是女人沒斷過。當年平山被定罪，他完全沒有改變啊，還一副洋洋得意呢。」

是嗎？有森隨口應了一聲。儘管有森也不認為今井就此洗心革面，卻不懂他為何要坦誠犯錯，扛起罪人之名。難不成他內心另有盤算？

「應該是因為剛剛說的那件事。」

「那件事？」

「嗯，欠一屁股債。今井前陣子似乎很慘，但現在不就又是出書又上電視的？他說想把版稅和上通告的錢全數作為對平山的補償，這話雖是發自內心，卻被對方拒絕了。我猜最後統統拿去還債了吧。」

有森將馬丁尼端到嘴邊，默默凝視著老闆。

「換句話說，今井反而在這起事件中靠著出賣警察，某個意義上成了英雄。站在欠債方的角度，不論利用什麼手段，能還債不就好了？唉，嘴上說得好聽，什麼良心發現……但從今井的立場來看，這場背叛就是一筆豁出去的買賣。」

「買賣」兩個字驀地刺入有森心底。恐怕今井早料到會遭輿論攻擊；可是，大眾需要揭發警察不法的吹哨者，同時對於主動認錯的人也會格外寬容。看來平山再審無罪之後，今井的演講邀約接也接不完吧。

仔細想想，有森從來不覺得今井會對刑警的正義感到苦惱。瀨戶口則批評今井本來就是個功利主義者，毫不懷疑他會背叛。

老闆又聊了些今井的事，但他不清楚今井目前的住所及聯絡方式。

「有森先生，你認真過頭嘍。」

有森仰頭將馬丁尼一飲而盡，在杯底壓住一張萬元大鈔便離開。

雨刷急急彈出雨滴。

在這不巧的大雨中，有森明明未被法院傳喚作證，卻開車直衝高松地院，因為這天今井要出庭作證。很多人正在排隊抽籤等旁聽。看樣子快結審了。

有森昨天也在今井家門口等待，但今井應該沒回家。或許和有森一樣，為了躲媒體而搬家了吧。但今天他要出庭作證，來法院一趟說不定能見到面。

有森站在今井的車子前，等他作證結束。

比起今井被良心喚醒這種天方夜譚，酒吧老闆的推論更具說服力。有森和老闆想法一致，但還是要親自向今井確認過才行。

倘若今井的確良心發現而想追究真相，那麼兩人可以一起奮鬥。那傢伙肯定也認為平山是真凶，況且，說要用暴力讓平山吐露真相的人也是那傢伙。

雨勢轉小了，一個身型修長的光頭男子撐傘走來，是今井。幸好公審仍在進行，媒體還沒出來。有森將手伸入口袋，按下錄音筆按鍵，然後掏出打火機。

今井這時才察覺到有人在車子前點菸，便停下腳步。

「……有森先生。」

「可以聊聊嗎？」

今井確認沒下雨後，收起傘。

「今井，你認為平山是冤枉的嗎？」

今井露出苦笑，伸著小指輕挖耳朵。

「這我已經說得夠多了吧。」

「我才不管你在電視上說什麼。」

今井嘆氣說：

「平山聰史是冤枉的……我必須這樣說才對吧，為了平山也得這樣說。只要我想，要說幾遍都可以。但正因為我幹了那些好事，所以沒資格說。」

「好一套官方說法。」有森嘲諷。今井的眼神變得凝重。這傢伙乍看之下像在深切反省，卻始終迴避敏感問題。就像是受過指導，要他隱藏至今仍認定平山是凶手的想法。

「刑警的本分就是逮捕罪犯，守護治安。你也是幹過刑警的人，倘若你認為平山是凶手，應該老實說出自己的想法。」有森將臉湊近今井，朝他吐出一口菸。

「是嗎？那我就實話實說吧。我認為平山聰史是冤枉的，都是因為我們做了那些事才害他入獄。真凶另有其人。」

「你是認真的？」有森再次確認，今井「嗯」了一聲。對了，這傢伙害怕被錄音，他怕像有森一樣遭記者偷錄，因此保持警戒。算了，這也是人之常情。

「那我再問一個問題，那是你排練過的嗎？」

「排練？什麼意思？」

「你在公審上的招認。你裝作同情松岡千紗而說出真相，但其實都是排練好的戲吧。你本來就打算招了吧？」

「怎麼可能！」

今井目光閃爍。這傢伙當刑警時就是這樣，情緒完全寫在臉上。要是意料中事就能謹慎以對，若是計畫外的變化就變得手足無措。有森接著說：

「為了還債，你決定當警察的叛徒。雖然你得承認自己曾違法搜查，但不這麼做，也只有死路一條，所以你乾脆背叛警察來取得社會的諒解，順利的話還能大賺一筆。你決定豁出去，畢竟改過自新的惡人更受歡迎。」

今井臉色蒼白。看來有森的推測是正確的，但終究只是推論，並無證據。今井的嘴脣不住抽動，隨後似又察覺有森只是臆測，很快冷靜下來。

「有森先生，隨便你怎麼想，你高興就好。」今井勉強恢復笑容，取出車鑰匙。

「今井，想不想跟我一起找出真相？」

「嗄？」

「剛也說了，我想，你心裡也認定平山是凶手吧？要是你還有一點當刑警的志氣……」

有森上前抓住今井的手臂。今井卻像是碰到髒東西般一把甩開，眼神中流露出一絲輕蔑，就像在看著一個已被社會大眾唾棄的可憐蟲。

「平山是無罪的。」今井說完，又附在有森耳邊輕聲說：「雖然他不是冤枉的。」

「今井，你這傢伙！」有森氣憤地揪住今井胸口。今井大聲呼喊起來。

停車場附近的人們聽見騷動聲紛紛看過來。有森只好鬆手，今井卻仍在喊叫。

今井趁有森看向別處時，巧妙地利用車子遮擋並撞倒有森，然後充滿惡意地冷笑。這時錄音筆從口袋裡滑出來，落在水窪中。有森伸手去撿，卻被今井踢中肚子；雖然立刻反擊，卻撲了空，又因肚子痛忍不住蹲下身子。

「還好嗎？怎麼了？」

「今井先生，啊，是這個人？」

人群圍了上來。

「不好意思，我沒事。」

今井狀似袒護有森，卻又宣稱遭到有森攻擊。這傢伙果然是人渣。混帳東西！有森啞聲怒吼。但是，眾目睽睽會支持哪一方一目了然。混帳……！倒在地上的有森，一臉嫌惡地抬頭看著今井那張老實的假面具。

今井那一腳造成的腹痛好得差不多了。熟悉的踢法，會讓人痛得蹲下來，卻不會引發內出血，也不會傷及內臟。想必偵訊時平山也嘗過苦頭。

有森垂頭喪氣地回到車上。雖說出於正義，但捏造證據的刑警終究難逃這樣的下場吧？難道我要一輩子背負罪名嗎？開著車，漫無目的，不知不覺中導航顯示前往綾川國小。

來這裡幾次了呢？有森站在河邊橋下的地藏菩薩前。二十一年前，在這裡發現池村明穗遺體時，發誓絕不原諒凶手，隨後確信凶手就是平山。

而這一次，我還能做什麼？

想破頭也想不出來。重啟再審至今，一事無成。檢方已經認罪並道了歉。儘管所謂道歉，就是將罪責強加在過去同仁的頭上，然後切割、保護現在的自己。就是斷尾求生啊。

「明穗，真對不起。」悔恨的淚水在眼眶中打轉。有森向池村明穗的亡靈祈禱。殺害妳的凶手真的是平山嗎？他不該被放出來，都是我的錯，但我絕不放棄，我要再次追捕平山，讓我為妳報仇吧，我這條命豁出去了。

必要的話，我也可以拿刀和那傢伙對決，那是我最後的機會。但我知道，即便親手殺掉那傢伙，也無法補償妳的痛苦。真相將永遠埋葬於黑暗之中，徒留大眾對一名瘋狂刑警的誤解罷了。

雙手合十，閉上眼，不知過了多久，回過神來，四周已籠罩在暮色中。

正想回家時手機響了。

這時候會是誰呢？顯示為公共電話。有森不抱任何期待地接聽。

「請問是有森義男先生嗎？」傳來了像綁架犯一樣經過變造的話聲。

聽不出是男是女，有森茫然地「嗯」了一聲。只聽見那變造聲音又說了「對不起」。是惡作劇嗎？最近沒什麼人打來，因此疏忽了，電話號碼也要換掉才對。

「我希望你能繼續加油。」

「刻意變聲太奇怪了吧。」

「這不是惡作劇，我有我的苦衷，但願你能諒解。」

想從語調措詞來判斷對方的年齡與性別，卻仍摸不著頭緒。對方看似在打氣，但這種話誰都會說，說不定是故意讓人卸下心防，再給予痛擊。

「平山聰史是殺人凶手。」

有森一時說不出話來。那語氣相當篤定，不像是要配合有森被偷錄而發言，確實是知道內情的人。

「為什麼你敢肯定？」

「這個嘛，慢慢再跟你說。只希望你記得有我這樣的人存在。」

太可疑了。處在窮途末路的絕望中，有人表示和你站在同一陣線當然值得開心，但誰會蠢到相信這種來路不明的電話呢？

「你有什麼目的？你想做什麼？」

「交易。」

「交易？什麼意思？」

電話那頭沒有回答，只是輕聲一笑。

「我會再打給你。」

有森想再追問，但對方沒回答便逕自掛斷電話。交易？什麼意思？有森忍不住怒斥「無聊」，卻有所預感地仰望傍晚的天空，子彈般的雨水打在他的臉上。

雨再度落下，街燈變得朦朧，似要為火烤般的夏日降溫，不知不覺間轉為傾盆大雨。

4

走出地下鐵，再走上藏前車站的階梯，潮溼的風吹撫臉頰。

外頭暑氣逼人，但千紗心裡更熾熱難耐。進入警察署後，千紗向櫃檯說明來意，接著走向與嫌犯面會的面會室。

「啊，我聽說了，這邊請。」

服務人員帶千紗前往窄小的面會室。孔洞起司般的壓克力板對面，出現一名面熟的年輕男子。

男子因傷害罪被拘捕，叫做田村彪牙，年僅二十一歲。捲起的袖口露出蜘蛛網般的刺青，金髮根部濃黑，予人從小在街頭混的感覺。

彪牙看見千紗，坐著輕輕招手。

「哦，大律師，又要拜託妳了。」

彪牙大剌剌地露出一口香菸熏黃的髒牙。千紗也毫不掩飾蹙眉。這傢伙搞什麼？壓抑著怒氣，千紗索性保持沉默，冷眼看著他。

「別生氣啦，哎，我懂妳的心情。」

因為幾個月前的推落幼童致死案，千紗頭一次見到他。

警方認定彪牙將女友的兒子推下階梯致死，並以殺人罪起訴，卻在千紗的辯護下獲判無罪，千紗也從此一戰成名。然而，無罪判決後不到半年，彪牙又因為其他案件被捕。

「田村先生，我要先確認事實，請你像上回那樣老實回答我。這次的傷害案，你的確毆打了被害人對吧？」

「那也是沒辦法的事，算是半正當防衛吧。」

「請回答我事實。」

「對啦。」彪牙像是全身陷進柔軟的董座專屬用椅般，深深嘆了口氣。

從他的說法，這件案子很單純。他在建築工地拆屋，下班後去了拉麵店，碰到一名陌生男子。男人先挑釁：「我看就是你把人家孩子推下樓的。」彪牙隱忍下來沒理會。男人離開時又撂下一句話，彪牙立時失去理智而猛力揮出一拳。

「那人說了什麼？」

「殺人凶手。」

聽到這四個字，千紗不禁有點後悔方才表現出來的態度。的確很傷人。但不論對方說什麼，彪牙動手是不爭的事實。男人鼻骨斷裂，診斷書上寫明需休養一個月才能痊癒。

「太過分了吧？他是語言暴力，我是正當防衛。」

千紗忍住不嘆氣。儘管彪牙認定是正當防衛，但打人就是傷害罪，不容爭辯。再加上對方並未施以緊急侵害，因此算不上正當防衛。這個年輕人想法太天真了，以為遭旁人無端挑釁後反擊，仍合乎正當防衛。

「當時的狀況，你再說清楚一點。」

好啦好啦，彪牙不耐煩地回應。當時拉麵店裡有不少客人，加上被告也承認犯行，因此不可能進行無罪辯護。

「我是初犯，可以緩刑吧？簡易裁判庭就能解決了吧？」

不知從哪裡知道這些，顯然很清楚司法運作。他的猜測是可能的。

「再說了，我的律師可是妳吔。」

即便獲判無罪，彪牙仍甩不掉他人的岐視，恐怕不是頭一次被罵殺人凶手了吧。但一碼歸一碼，千紗甚至隱隱察覺到，倘若律師應該為嫌犯或被告爭取最佳結果，那麼讓彪牙接受嚴罰也是為了他好。

「比起上次那案子，這次的官司根本連屁都算不上。我可以邊打哈欠邊等緩刑吧？……畢竟打贏平山聰史再審官司的松岡千紗大律師要是讓我入監服刑，那就顏面掃地了。」

千紗厭惡地瞪著彪牙。

平山的再審已做出無罪判決。高松地院對於偵查機關當年捏造證據一事，罕見地痛斥為噁心之舉，並且嚴厲指責違反正義。此外，高松地院還認定當時的偵查行動有疏失，督促搜查本部應全面檢討自身的結構性問題。能讓地院、地檢說到這份上實在非同小可。這次，千紗的確將檢警體系打得體無完膚。

沉默半晌，千紗聽見咂舌聲。

「喂，說話啊！」彪牙怒嗆：「妳這樣還算是律師嗎？」但千紗只覺得她才是該憤怒的人。我到底在做什麼？我辜負了因為相信我才相信彪牙的人。那些不認同我的人，現在多半在幸災樂禍吧。

「反正我現在可以說了。人是我殺的，那個小鬼。」

突如其來的自白。千紗露出驚惶的神情。

「那老太婆說得沒錯。」

彪牙說個不停，嘴角浮現邪惡的笑容：

「聽好，要是我他媽的被抓進牢裡蹲，我就把這件事向週刊和媒體爆料，我當然會很慘，但如今妳可是法界女英雄了，到時就等著面子掃地吧！妳的損失大得多嘍！」

彪牙膽敢出言恐嚇。這個惡魔……

「給我聽好，一定要贏！」

空氣瞬間靜止。他敢出言恐嚇，卻恐怕沒膽犯案。無論如何，千紗內心深深被刺傷了。

「人是我殺的」……或許直到這一刻才看清彪牙的真面目。當初幫他辯護期間是瞎了眼嗎？光從外表及言行就對他抱著無限的同情，還被這樣的心情所蒙蔽了？太蠢了！

千紗凝視彪牙的眼睛，忽地起身：

「田村先生，很抱歉，我不當你的辯護人了。」

彪牙「咦？」一聲，愣在原地，隨即漲紅了臉。千紗默默轉身，卻聽他又喊著：「妳等等！」「那都是開玩笑的、開玩笑的啦！我絕對不會說出去的！」

彪牙似乎沒料到千紗根本不吃那一套。真是無可救藥的傢伙！千紗內心吶喊著，但仍再次坐下。

「我沒殺人、我沒殺人！我上次說的全是事實，所以拜託妳，請幫我爭取緩刑，我不想坐牢。」

接著，彪牙以順從的態度展現反省。面會結束後，千紗寒著一張臉離開警署。

由於平山案贏得無罪判決，眾人打算開一場慶祝派對。

才和田村彪牙面會完，千紗心情鬱悶不已，或許該趁機轉換心情。

果然沒時間回家，但總不能以面會時的打扮出席派對。於是在化妝室戴上準備好的耳環及項鍊，稍微整理了頭髮後，看起來還可以便放心了。平常沒擦口紅的習慣，此刻，千紗凝望鏡中的紅唇，猶豫片刻後便摘下眼鏡，離開化妝室。搭地鐵至青山一丁目下車，深深吸了口氣。看到會場了，不需要手機導航。

走向櫃檯，服務人員一看到千紗便起身：

「啊，這邊請，這邊請。」

顯然對方認得千紗。派對在這家飯店舉行，採立餐形式，看上去大多是法界人士，也有大學教授和聲援團體的人。

中央架設了一座超大螢幕，正在播放再審判決後的畫面。由千紗揭開「完全無罪」的垂幕。望著螢幕上的自己好尷尬，但說不定這是千紗一生中最亮眼的時刻。

這時有人宣布千紗進入會場，眾人齊聲鼓掌。真難為情。日前與事務所同事吃慶功宴，一不小心喝太多，今晚千紗決定拒絕酒精，手中拿著烏龍茶。

平山也出席了，與其他律師及聲援者相談甚歡。話雖如此，其實都是平山身旁的人在交談，平山則默默啜飲著酒水。忽然看見一張熟悉的面孔在平山旁邊。那短髮紳士是今井。今井身邊還有個美麗的女子，正與賓客愉快地交談。

「不好意思，打斷大家愉快的談話。」這時日本律師聯合會的大人物拿起麥克風。說是簡短致詞，依然冗長且無聊，與會者又低聲聊了起來。

「因此，這次可說是歷史上相當重要的判決。目前仍有許多人認為平山先生是凶手，我深深以為，我們非戰勝這種偏見不可。」

「啊，松岡律師，辛苦了。」

走過來的是資深合夥人真山健一。

「咦，沒戴眼鏡？愈來愈有女主角架勢喔。」

「啊，不，只有今天不戴。」

「哦？不戴眼鏡比較好呢。」

千紗面紅耳赤地低下頭。先前毅然摘掉眼鏡，早知道還是戴著好……

平山的再審無罪判決在法界掀起一陣衝擊。菲亞頓法律事務所的松岡千紗一戰成名，真山也博得好評。千紗悄聲對真山說，她剛才和田村彪牙見面。彪牙這次的案件幾乎沒上新聞版面。的確，雖然只是尋常的傷害案，但畢竟彪牙曾因推落幼童致死的官司一度成為全民公敵，千紗還以為這次又要鬧得沸沸揚揚，不料這把火沒燒起來。

「田村彪牙這人很棘手，妳別太放在心上。」

真山與各界名人都有交情，或許是他幫忙滅了火。

內心雖慶幸能受到重用，但不願再待在菲亞頓的念頭也愈發強烈。並非覺得處理田村彪牙這種問題嫌犯很痛苦，也不是覺得「女英雄」的頭銜名實不符，而是想全力與綾川事件做個了斷。

「我了解妳的心情，妳去追查那個凶手吧。」
千紗驚呼一聲，抬頭看著真山。
「妳能留在事務所當然最好，但要是心裡還有別的事想做，那就去做吧。我不是說過，只要妳內心認定了某個真相，就去澈底調查清楚。」
千紗默默點頭。
「先查明真相，事件結束後再去想以後的事。在家鄉當律師也沒什麼不好。當然，只要妳願意，隨時歡迎回來。妳的位子都在。」
真山這番洞悉心思的話緊緊揪住了千紗的心。沒想到他為自己設想這麼多。
「真山先生，我不知道該說什麼才好。」千紗向真山連聲道謝後離開。
歡談中，看見一個魁梧的身影。千紗立即招手，熊一時不知所措，好一會兒才彷彿想起般瞪大眼睛、張著嘴，然後吐出千紗的名字。
「還以為是誰，妳今天感覺很不一樣呢。」
「真難為情，只有今天啦。很不習慣吧？」
「啊，倒不是那個意思，該怎麼說……」熊似乎有口難言。看來還是維持一貫的打扮比較好。算了，別管這些，真想讓熊也聽聽真山那番話。真山同意先將綾川事件查個水落石出；而且有意願的話，也能待在家鄉執業。真教人興奮。

沒想到，熊看起來比千紗更興奮，搶先說出了意外的話：

「我可能要來東京喔。」

「咦？」

「剛才真山先生問我要不要去菲亞頓上班。」

「太棒了，根本就像球員交易！」

「球員交易？」

千紗說出自己或許要回香川的事。熊不知為何半張著嘴。

「熊大哥，你一定能在菲亞頓一展所長。」

「啊，仔細想一想，那個……東京物價貴，我還是適合待在鄉下。」

「要不要我告訴你在哪些郊區可租到便宜的房子？」

「不必啦，可是，那個……」熊突然變得有氣無力。

律師聯合會的大人物還在臺上，說是簡短致詞，卻拖了足足二十分鐘。千紗和熊才在吐槽，一旁恰似要抗議這段冗長發言般，冷不防傳出玻璃的破碎聲。千紗與熊幾乎同時看過去，兩人的視線落在一名女子身上。

「哪裡是冤獄！他是殺人凶手！」

四十多歲的女子將手中的酒朝平山的臉灑去。

酒潑進了眼睛，平山雙手掩住臉蹲下。女子上前扯著平山的頭髮，歇斯底里地大叫：「殺人凶手！」

「這傢伙是殺人凶手！他綁架好幾個女孩，是頭殺人怪物！怪物應該要被判死刑才對！你們真的認為可以放過這怪物嗎？」

女子隨即遭警衛制止。

喝醉了吧。但女人的表情看起來十分認真。

「其實你們明明知道平山是殺人凶手，這樣可以嗎？可以放任凶手到處跑嗎？要是又出了什麼事，你們要負責到底！」

女人被帶走時，依然大吼大叫。眾人一臉擔心圍在平山旁邊。平山蹲著，但似乎沒受傷，接過遞來的小毛巾擦著臉說：「沒事。」

原以為派對會就此中止，但與會者表現得相當成熟。司儀幽默地化解尷尬，眾人也一副若無其事，派對繼續進行，直到預定時間才結束。

千紗與賓客一一打過招呼後，便與熊一同離開會場。

「感覺真差。」

「嗯，什麼樣的人都有。」

後來才知道，闖入的女子與綾川事件毫不相干。她看了電視新聞，認定平山是殺害池村明穗的凶手，於是覺得自己得做點什麼才行。

「好不容易洗刷冤情，重獲自由，卻擺脫不了人們的偏見。」

「真的是個難解的問題。」

「說到這裡，妳一路走來不斷面向著過去，真是不容易，我的話就絕對沒辦法。但我想，妳總會面臨到痛苦或充滿無力感的時候，若不會給妳添麻煩，我會在一旁支持妳。」

千紗微笑道謝。從四國遠道而來的賓客今晚都住這家飯店，熊也不例外，但他特地送千紗到日比谷線的車站。

「千紗，再見。」

「嗯，再見。」

熊似乎還說了什麼，又揮了揮手。千紗也輕輕揮手，兩人在車站入口分開。趕快回家吧，明天還要寫書狀，不能耽擱太晚。

正要走向階梯時，背後傳來了聲音。

「松岡律師。」

回頭一看，是平山。

可能喝了酒，臉有點紅。暖風撫上臉頰時，千紗突然想到，熊已經離開了，四下無人；此刻，在這個空間，只有自己與平山兩人……初見面時的恐懼感不意爬上心頭。

為何感到恐懼？平山都無罪獲釋了，也不會再被宣判為殺害池村明穗的凶手。

「平山先生，真是嚇了一跳。」千紗微笑，同時感覺全身僵硬。回想起來，自從宣判無罪後，不，打從更早之前，他獲釋之後，從來沒有主動找我談話。這種時間特地離開飯店走到車站，是為什麼呢？

「有什麼事嗎？」

「我想向妳道謝，但一直沒機會說。」

「哦，但是我感受得到。」千紗故作鎮定。

平山輕聲說：「謝謝。」千紗以稍大的聲量回應：「不客氣。」平山嘴角上揚，但眼睛毫無笑意。

一部電車緩緩通過兩人面前。

「謝謝妳讓我這個殺人凶手變無罪。」

「咦？」

平山的說話聲被列車聲蓋過。但千紗的確聽見了。

「平山先生，你說什麼？」千紗又問了一次。平山沒有回答。

不知何時，平山已轉身邁步離開。千紗沒追上去，只是凝望他的背影，片刻後才感覺到風的燠熱。

第四章　怪物之家

1

呼、呼、呼——

身上穿著浴衣的千紗拚命跑著。越過油菜花田、鑽入山徑，不知該往哪裡跑，只好朝有光的地方去。

回頭一看，那個巨大的傢伙還緊追在後。

跑了一會兒，瞥見沙石路上有根鐵棒。千紗拾起鐵棒，緊緊握住。再回頭一看，怪物流淌著口水一步步接近。好可怕！但總不能一直逃。千紗鼓起勇氣跳起來，一棒打在怪物的腦門上。

「嗚哇！」怪物悲鳴一聲。

打中了！千紗太過害怕閉上眼胡亂揮擊，怪物終於安靜下來。打死了?!心裡雖這麼想，千紗的手依然沒停下來，要打到他站不起來。終於，沒動靜了。

忍不住睜開眼，怪物還在。

嘴裡似乎在嚼什麼。千紗戰戰兢兢地窺探著。

他在吃千紗的左手。

千紗大叫一聲，鬆開鐵棒，按住剩下的左臂。內心好絕望，只能反覆地哭喊。怪物津津有味地吃掉千紗的左手後，張開血盆大嘴追趕千紗。

為什麼會這樣？救我！快救救我……

父母被千紗的叫喊聲驚醒，但不再像過去那麼慌張。

千紗明明開冷氣睡覺，驚醒後依然滿身汗。才回到丸龜老家，又做了噩夢。

「對不起，又做噩夢了。」

千紗勉強擠出微笑。母親在一旁嘆息。暫時將東京的工作告一段落，在真山的建議下，先回老家全力追查綾川事件的真凶。但幾乎沒有像千紗這樣確定無罪判決後，還在調查案件的辯護律師。由於前陣子沒休幾天假，這次回來也算放鬆身心。

律師業務除了年底以外，就屬暑假最忙。很多法官會在此時休假，工作便堆積如山。就這點來看，千紗雖感到歉疚，卻也感激真山的體貼。

早餐的配菜是香川名產醬油豆。千紗開心地說：「好吃！」父母卻還是一臉愁容。

「真山先生要我好好休息。」

母親小口喝著米味噌做的味噌湯，一邊說：「要不要找朋友來家裡玩？」

「算了，大家都結了婚忙著顧小孩。」

千紗匆匆一句：「我吃飽了。」逃也似的出門。

在心中捲起漩渦的不是噩夢。千紗前往香川第二法律事務所，途中經過一間小透天厝，車棚裡停著一部橘色車子。門牌上寫著「鈴木」，其實是別人住在裡面。

──謝謝妳讓我這個殺人凶手變無罪。

派對後，平山說了這句話。這是什麼意思？想問他，卻找不到機會。那是在一名抗議女子闖入會場之後的事，但平山當時喝了酒，或許是大受打擊才會那麼說？然而那句話始終扎在千紗的心上。

經過平山的家，來到香川第二法律事務所。

「啊，早安！」事務員穴吹笑咪咪地指著接待室說：「大家聽說松岡律師要來，都打來預約法律諮商。案子很多，肯定會很累，別太勉強喔。」

「嗯，好的。」

千紗回答得一派輕鬆，但內心暗叫不妙，看來諮商案會多到沒法做事，說不定一整天都要面對這些人。這類諮商案有些很複雜，但也有不少僅需一點法律知識便能解決。

上午就在法律諮商中度過。

「辛苦了，松岡律師。」

穴吹端茶過來。千紗問她平山的近況。

「啊，平山先生？他說想工作，最近都在參加洗刷冤罪的活動。一個月前還重新取得駕照，買了部二手車，現在開著到處跑呢。」

似乎過得逍遙自在。

「拿到了近全額的刑事補償金，高達九千萬圓呢。畢竟坐了冤獄，還被關上整整二十一年。哎，就當做是二十一年來的薪水吧。」穴吹接著說，也有聲援人士在幫平山介紹對象。

「那人太木訥了，找個像是姊姊型的，能拉他一把的人才好吧？可是，搞不好只是看上他的錢呢。平山先生不懂女人，還真讓人擔心。嗯哼，好孩子，到底掉去哪兒了呢？」

穴吹一副找對象是在找橡樹果似的。

「松岡律師，不想找個對象嗎？還是已經有心上人啦？」

「沒有，目前才沒那個心思。」

「熊律師如何？說不定他有意思喔！」穴吹抬起手肘碰了碰千紗。

「拜託，怎麼可能！」千紗雙手不住揮動連連說「沒有、沒有」。

或許是耳朵突然癢了起來，熊不知何時回到了事務所，早上似乎是去民事法庭。見他無精打采地將眼鏡擱在桌上。

「咦？不會吧，輸了嗎？」穴吹吃驚地問。熊搖搖頭：

「贏了。」

那為何顯得垂頭喪氣？熊下午還要忙民事調停的事，但能夠一起討論平山的人，只有他了。

「熊大哥，你現在有空嗎？」

「嗯，什麼事？」

「雖然這種話不該從辯護人口中說出來，但我忍不住想問……一樁殺人案中，當辯護人費盡心思贏得了無罪判決，卻於事後發現被告是真凶……這種時候該怎麼做？」

熊快速眨著眼睛，看來已聯想到平山的事。於是千紗打迷糊仗，推說是涉嫌殺害幼童事件的田村彪牙。

以為熊會深思熟慮，沒想到回得很乾脆：

「那也沒辦法。」

熊將雙臂在胸口交叉，點著頭說：

「被告明明是凶手，卻拜託爭取無罪，律師也無可奈何。而且判決都下來了，那也沒辦法。當然，心情肯定很糟，但律師本來就要面對這種風險。」

熊說得沒錯。但其實千紗早就明白這些道理。千紗只是想將平山在派對結束後那句話告訴熊，聽聽他的意見，卻不知為什麼沒能說出口。

「我出去一下。」

說是去調查綾川事件的真凶，千紗離開事務所後開車離去。但無罪判決下來之後，她毫無頭緒，因為除了平山，並未發現可疑的嫌犯。

思緒全在平山身上打轉。千紗開車前往就在附近的平山家。他稱自己是凶手，那番話到底什麼意思，得去問個明白。要是我想太多也罷；但若真是他說的那個意思，不就表示我讓真凶逍遙法外了嗎？況且，搞不好我還為當年綁架我的犯人辯護了呢。

今天依舊酷熱難耐，千紗轉大車內的冷氣。望見平山家時，那部橘色汽車正好剛駛出來。千紗放慢速度，保持一段距離尾隨平山的車。他要去哪裡？跟蹤並不是律師該做的事，但實在想知道他的目的地。

平山的車上貼著「新手上路」貼紙，車速非常慢。

千紗也開得很慢，小心翼翼不被發現。瀨戶內海的群島池邐右側海岸。平山駕著車從海岸寺海水浴場與電車並行，往津嶋神社的方向前進；然後告別予讚線，在矗立著紫雲出山的莊內半島繞了一圈，繼續駛向南方。

顯然平山有明確的目的地，但刻意繞遠路。千紗原以為會跟丟，但平山只是沿著海岸緩緩前進，因此跟蹤起來出乎意料地輕鬆。可見他很享受開車兜風吧。因池村明穗事件遭到懷疑時，平山表示死亡推定時間內正在開車兜風。今井和有森當年咬定他說謊，但現在看來，平山喜歡開車是無庸置疑的。

車子停在父母濱海水浴場。

千紗故意開過頭，再繞回來，然後在停車場找到平山的車。橘色汽車太醒目了。平山下車，穿著短袖、短褲，戴太陽眼鏡，脖子上掛一條毛巾，邊眺望著瀨戶內海邊散步。

來到海邊還一身套裝太可疑了，千紗在附近的服飾店隨意買了T恤、帽子和涼鞋，換上後，很快又找到平山的身影。千紗坐在大遮陽傘下，喝著罐裝果汁，注視著遊客方向。

雖然不是假日，但目前正值暑假，長海灘上人潮眾多，許多情侶、親子一同游泳戲水；也看到許多和當年千紗、池村明穗、高木悠花同樣年齡的小女孩。

搞不好平山是為了滿足自己的癖好而來這裡。不，不能只因為看到很多小女孩就懷疑他。但自從他上次那句話後，千紗內心的疑慮愈來愈深。然而，二十一年牢獄生涯，如今總算重見光明，或許這裡有著他的回憶，來這裡懷念往事也是理所當然。

時間靜靜流淌，什麼事都沒發生。

平山一動不動，凝視著眼前的人潮。他的腦海中肯定充斥著太多想法，可能沉浸在與家人的回憶中，也可能在思索日後的人生。

在這處海灘，黃昏退潮時，海面會如明鏡般映出晚霞，十分美麗。千紗以為平山想好好欣賞眼前燦爛的彩霞，他卻轉身離開。

平山離開海水浴場後駛向綾川町，在一處墓地停下。對了，平山的老家也在附近。平山掃完墓後便直接返家。在車棚停好車，下了車走進家裡。夕陽下的平山側臉，比初見時那張毫無血色的蒼白臉龐有精神多了。

由於沒帶防曬乳，千紗白晰的肌膚曬得紅通通的，略感懊惱，但又不禁安下心來。平山只是去一個充滿回憶的地方緬懷往昔，算是度過悠閒的一天。儘管仍不明白他那句話的涵義，但稍感放心了。

今天曬得真慘，回家吧，正這麼想時，手機來電。

熊打來的。千紗將車子停在平山家附近，接起電話。

「喂，怎麼了？」

「沒事，只是剛看妳似乎在煩惱什麼。」

的確，平山在派對結束後那番話始終在心中盤旋不去。但今天跟蹤他大半天，原本的擔憂似乎也減輕了幾分。

「妳白天說的是綾川事件吧？」

被熊說中後，千紗將到了嘴邊的「我沒事」又吞回去。

「我當時回答妳的都是教科書式的說法，後來覺得妳的反應不太對勁。有心事的話，不妨跟我說。」

熊的關懷，動搖了千紗。平山很可能是因為抗議女子闖入派對，被潑了酒、抓頭髮，甚至遭到謾罵後，心想自己說不定仍被世人視為殺人凶手看待才自暴自棄。

況且在再審聲請審查之前，千紗和平山已經向彼此約定「不騙人」。假設那個約定還有效……

沉默片刻，千紗將自己的心思明白告訴熊。

「……就是這樣，所以那天平山先生那句話一直困擾著我。」

「原來如此，當然會很困擾啊。」

停不下來，於是千紗也說了跟蹤平山的事。

「跟蹤？」

「這樣很怪吧？」

電話另一頭傳來嘆息聲，但熊只溫柔地要千紗不可獨自輕舉妄動。

「謝謝妳說了這些。要是又發生什麼事，都可以跟我說。」

「嗯，謝謝。」

「下次這種事可要立刻說啊。」熊再三叮嚀。千紗終於一吐為快而放鬆下來。但才向熊道了謝，平山家的玄關門又打開了。只見返家不久的平山拿著鑰匙出門。天快暗下來了，還要去哪裡？

「千紗，怎麼了？」

「沒事。平山先生好像又要外出。」

不知他要去哪裡，千紗表明要繼續跟蹤。

「慢著，我剛不是才要妳別……」

平山發動車子離開。千紗切斷電話，再次跟在橘色車子後面。千紗自認已掌握跟蹤要領，保持一定的距離尾隨在後。

或許只是單純去超市買晚餐，也可能是去DVD出租店。然而，平山經過這些地方時都沒有停下來，直接開出丸龜市，往綾川町前進。

內心隱隱浮上不祥的預感。白天的兜風路線還說得過去，走海岸線，眺望父母濱的美麗景致；去掃墓也很合理。但在這個時間去綾川町就令人感到不對勁。綾川町正是綾川事件的命案現場。就算想回舊家一趟，但當年的舊家早已夷成平地。

這麼晚了還能去哪裡？明明沒幾個認識的人，也還沒有相親對象或新交往的女友吧？

——謝謝你讓我這個殺人凶手變無罪。

這句話反覆迴盪在千紗的腦海中。

平山要去哪裡？為什麼覺得這麼不安？

不一會兒，路上車子愈來愈少，千紗再拉開更長的距離。

平山轉彎後，車子消失了。糟糕！上哪去了？天色太暗，連平山那醒目的車身都難以辨識。

前方出現好幾條窄徑。平山特地來這裡肯定有目的。應該還在附近。千紗將速度降到二十公里以下，一邊窺探著住家，同時避免旁人起疑。放眼望去都是田地，還有五、六間房子，有的房子占地很大，一片靜悄悄，有的似乎是空屋。

遠處傳來狗吠聲，千紗的視線落在一條沒有鋪柏油的筆直道路前端。透天厝前停了一部橘色車子。車燈熄了，有人下了車。找到了。肯定是平山。但不能將車子停在平山那頭，千紗只好再沿著石子路前進。然而，前方的山路太狹窄，車子無法通行。無奈，只好又開了約一百公尺，停進草叢中。

千紗拿著小手電筒下車。腳邊不知名的小蟲鳴叫著。驀地感覺這一帶有點熟悉。應該只是心理作用吧。

四下一片漆黑，小手電筒幾乎毫無幫助，只好就著月光走向那間透天厝。高高拔起的雜草像在阻止千紗前進。

平山的車子停在一間普通的平房前面。旁邊似乎還有個水池。

屋內光線時隱時現，平山應該在裡面吧？但是，他在裡面做什麼？門牌上的字都被刨掉了。房子四周雜草叢生，原本像是田地，眼下完全被草淹沒。

不能拿手電筒照路，千紗只能躲入草叢再慢慢接近房子，然後躲在小窗下。蚊子撲面而來，真煩，但現在不是趕蚊子的時候。千紗調整呼吸，整理思緒。為什麼？這是什麼狀況？疑問如洪水般淹沒思緒。

首先，可以肯定的是，平山與這間房子無關。這裡既不是他的老家，他的家人也都不在了，況且已和親戚久未聯絡。

這間房子看起來很久沒人居住。平山應該知道是空屋才進入。非法入侵。若是如此，接下來的問題便是為何平山要進入這間空屋。

顯然不尋常。一個入獄二十一年剛被放出來的人不可能有理由過來。

這間屋子裡到底有什麼？靜謐的暗夜中，屋內傳出「沙沙」的摩擦聲。千紗側耳傾聽。

十五分鐘後，有了動靜。

如探照燈般洩出的光線撲地熄滅，屋內又傳出聲響，關門聲……然後是腳步聲。糟了，沒地方躲。千紗想往山路跑，卻聽見踩踏草叢的聲音逼近。

來不及了。

千紗蹲在低矮的草木後方，一動不動。在心跳聲怦怦作響的靜夜中，平山出現在千紗眼前。若是白天，肯定會被發現，但平山似乎沒發現千紗，從她面前走過。接著是關上車門聲、發動引擎聲，漸次遠去。

一分鐘、兩分鐘……劇烈跳動的心臟終於緩和下來。

平山離開了。千紗踉蹌起身，深深呼吸著。緊握手電筒的手心早已汗溼。既然來了，可不能就這樣回去。無需思考，答案肯定在屋裡。不論會看到什麼，絕不退縮。

千紗繞到屋後，拿起手電筒一照，後門前有個花盆引人注意地倒放著。千紗從盆下取出鑰匙。小小一把。但這把鑰匙或許即將解開二十一年前案件的真相。這下成了律師非法入侵……但內心的躊躇很快被等在前方的巨大魔力趕跑。

插入鑰匙，輕輕一轉。「咔」一聲，門慢慢開了。

感受到屋內的空氣，千紗驀地動彈不得。別進去！趕快逃！現在還來得及……一陣胡思亂想。不行，別慌，太膽小了。要是就這麼逃走會變得怎樣？眼下不去找真相，疑惑就會一直懸著。我到底為什麼要跟蹤平山過來？

「走吧！」幫自己打氣，千紗踏入屋內。沒事的。瀰漫在鼻間的難受氣味來自潮溼的黴菌和灰塵。手電筒照出了破破爛爛的紙拉門及掉落的掛軸。對面似乎是浴室。轉開門把，眼前是嚴重發霉的浴缸。左邊應該是廁所，但門把壞了，只能空轉，開不了門。

走道似乎通往裡屋，但不知為何出現一面牆壁。不，不是牆壁，是幾個櫃子疊起來擋住去路。推推看吧，還推得動。不推開櫃子便進不去，只好使勁猛推。「碰！」一聲巨響，櫃子倒下，塵土飛揚，千紗忍不住一陣咳嗽。

走道還有一小段。左邊是廚房，右邊是書房，擺著很多舊書，還有一張大沙發，裡面亂得像遭過小偷。

回到走道，先大大吸了口氣再緩緩吐出。呼吸困難。是因為房子裡滿是灰塵？似乎不僅如此，千紗覺得彷彿眼前有一團黑霧籠罩著自己。為什麼會有這種感覺……？進到屋內之後，除了櫃子擋住去路這點令人匪夷所思，倒也找不出其他疑點。看來是一間荒廢的房子。只不過，千紗仍感到難以言喻的不安。

既視感。目光掃過廚房裡的垃圾桶，千紗赫然意識到這三個字。垃圾桶就在瓦斯爐旁的小窗下，簡直像是供人踩踏的凳子。

凳子？難不成……細長的窗戶上有個把手，窗戶可以向外推開成一道窄縫。這麼窄的縫隙一般人可鑽不出去，但小孩另當別論。千紗拿手電筒往外照，盡是茂密的雜草。

太像了。和夢中那間房子的格局一模一樣。

從廚房返回走道，果然一樣。當時，千紗先跑出房間，再從右手邊的廚房跑出去。女孩的聲音是從左邊房間傳出來。由於走道前是一面牆，才轉進了廚房。但如果那不是牆，而是這些櫃子……千紗一邊回憶，一邊看向還沒打開的最後那個房間。

——答案肯定在那裡。

握住房間門把的手不住顫抖，手彷彿變得不是自己的一樣，全然不聽使喚。不久，全身如凍僵般失去感覺。千紗閉上眼，反覆深呼吸後才平靜下來。手的觸感終於回來了。

轉動門把，門慢慢開啟。

同樣充斥著灰塵與霉味。空間雖小，中央卻擺著一張大床，床邊綁上繩子。

錯不了……這裡是怪物的家。

我就是被綁架到這裡後囚禁起來。

再拿起手電筒四處照，遺忘的記憶浮現。掛在柱子上指針早就不動的時鐘，以及櫃子倒下後的痕跡，久久不曾想起，但記憶還在。沒錯，這裡就是當年被囚禁的房間。

千紗尋思著，手電筒不經意掃向牆壁，驀然驚愕在原地。牆上較高處有塊明顯的髒汙，雖然並不罕見，但千紗記得那輪廓。兩個大大的眼睛、高聳的鼻子、巨大的嘴……愈看愈像是一張人臉；然後，牆壁成了一個彪形大漢的身體。

此時此刻，千紗已然非常肯定。

怪物在屋內。這就是二十一年來糾纏不去的怪物真面目。難怪警方繪製了許多肖像仍無法鎖定嫌犯，因為千紗記住的不是犯人的臉，而是這面牆壁上的髒汙。快逃，絕不能被怪物追上。多年來，千紗內心的這份恐懼始終揮之不去。

可是，眼下問題不在這裡。問題是，平山為什麼會來這裡？

千紗腦海中浮現平山的臉，癱軟在飄著灰塵的怪物之家。

2

穿著喪服的人群，圍著一名躺在棉被上的老人。

川田清去世，享年九十一歲。川田獨居且無親人，因此喪禮由鄰居協助辦理。

「壽終正寢啊！」

「嗯，他是個大好人呢。」鄰居們不住緬懷川田。川田雖然僅國中畢業，戰後復興時期開設一家運動用品店，經營得有聲有色。還經常捐款給購買運動用品的學校，並積極參加地方上的活動，風評相當不錯。

有森上香後，默默為逝者祈福。在葬禮上，沒有人談起有森的是非。

坦白說，川田並不是個可靠的證人。川田老人先入為主的偏見過於強烈，目擊證詞也閃爍不定，瀨戶口還忍不住發起牢騷，這種證詞根本上不了法庭。再加上年紀大了，怕也問不出新線索。儘管老人看來極富正義感，而且就追究平山這一點來說，稱得上是搜查團隊莫大的精神支柱。可如今，這根支柱也斷了。

川田老人高壽辭世，因此送葬者並未落淚。人數不多，仍算是圓滿的葬禮。

走向玄關時，一名女子忽然放聲大哭。有森停下腳步回頭，只見一位身形略胖的女士蹲在地上，拿著手帕擦拭眼角。

「您一直照顧川田先生到最後嗎？」

微胖的照護員搖搖頭說：

「我要是在就好了……但川田先生最後是孤伶伶一個人走的。那天兩歲的孫子發燒，女兒拜託我幫忙照顧，我只好請假。他也同意我請假。沒想到會這樣，早知道我就來照顧他了。」

原來如此，因為罪惡感嗎。有森苦笑，心想自己都被貼上失格刑警的標籤了還關切這些小事，真是諷刺。

「川田先生過世之前，跟您說過什麼嗎？」

照護員露出一臉驚訝的表情。

「您這話是什麼意思？」

「啊，抱歉，這樣問很奇怪。」

照護員眨了眨眼，直盯著有森。有森皺起眉頭，改口問她：

「最近有發生什麼事嗎？」

「沒什麼事……哦，對了，最近有些人來找川田先生。我照顧他好幾年了，從來沒有訪客，所以有點意外。」

令人在意。說是最近，難道與平山的無罪判決有關？但照護員表示，來訪的人不是警察。

「記得是一位叫松岡千紗的女律師。那時我只覺得她好年輕，沒想到後來發現她挺有名氣的。」

有森啞然。但她來找川田並不奇怪。原以為得花點時間縮小訪客範圍，沒想到一下就確認了身分。

「後來還有一個人。」

「還有一個人？男性？」

照護員點點頭。會是誰呢？腦中很快閃過一張面孔，和松岡千紗聯手為平山辯護的就是一位男律師。但照護員隨即又說男人是和松岡千紗分頭來訪。有森追問是什麼樣的人，照護員露出茫然的眼神。

「我也只是稍微看了一眼，已經不記得了。」

那個男人會是誰呢？

有森沒換下出席葬禮的衣服，直接上了車。照護員聲稱有人來找川田的事令人在意。雖說只見過那男人一次，但或許她不在時，男人也來過。

更令人在意的是，川田的死是否與男人的來訪有關？

九十一歲高齡者的孤獨死，在這樣的鄉下，恐怕沒人會起疑吧。可要是那名神祕訪客與川田的死有關……

川田是二十一年前一連串案件的唯一目擊者。川田目擊平山的證詞，可說是間接促使平山遭到逮捕的主要原因。有森腦中不斷縈繞著一樁樁綁架事件。神祕訪客的目的到底是什麼……

有森朝川田家的方向微微躬身致意後，駕車離去。

來到久違的縣警總部，迎來了幾道輕蔑的眼神。

接待有森的是一名年輕刑警。有森前來通知川田清死亡的消息。

「希望你們能查一下，聽說證人死亡前，有人去找過他。」

「可是，這要求太……」年輕刑警面露難色。

「我知道這有點強人所難，畢竟遺體都火化了。我強調這事不尋常，你們想必也覺得很困擾。但這很可能是二十一年前一連串綁架案的重大破案線索。」

年輕刑警轉過頭，像是在求救。

「何不就讓事情到此結束呢？」

一名約五十歲，長得像隻猴子的刑警笑咪咪走過來。有森又說了一次，有個陌生男子在川田死前去找他。猴子般的刑警連連稱是笑臉以對。有森過去和這名刑警搭檔過幾次，要說幫對方打下刑警的底子或許太過浮誇，但猴子刑警的確將有森的指導一字一句寫下來，視為座右銘遵行。

「你應該能明白我的想法，這當中肯定有關聯。」

「但川田是自然死亡。要是送司法解剖，那麼所有死人都要解剖了。」

「我不是那個意思。關鍵是二十一年前的一連串案件。」

有森反覆強調，川田的死可能與那些案件有關。

「拜託，只要稍微調查那個男人的身分不就好了？」

年輕刑警的眼神飄向了猴子刑警，彷彿在說：「這老頭可真傷腦筋啊！」猴子刑警起身，笑咪咪地在有森耳邊輕聲說：「您要適可而止啊。」

「這樣會讓我們很為難呢。」

過去對有森投以尊敬目光的人，如今卻露出像看到穢物般作嘔的眼神。

「喂，聽我說，我得說明整件事的來龍去脈。」

「可以請您打道回府嗎？」

看來無法溝通了。有森明白，他已被視為警察的麻煩製造者。為這個組織奉獻了四十年，到頭來仍像一塊用完即丟的抹布。原以為後輩受過自己照顧，至少會賣點面子，沒想到依然行不通。

有森離開縣警總部。看來沒管道調查川田的死因。會在意這一點，也只是因為可能與平山有關。就算照護員口中的男人是平山，也無法再追究下去；況且，要說平山多年來仍記恨指證自己的老人，進而殺人滅口，也令人難以置信。

既然再審做出了無罪判決，警方不可能再以綾川事件問罪平山。即便平山現在認罪也一樣。勝負已定。有森執著於川田之死，也只是出於不甘心罷了。

過了晚上八點。有森走進高松車站附近的便利商店，買了利樂包裝的酒。插入吸管。無論是刑警時期、或是後來到被害者支援中心服務，有森都不太喝酒，但最近幾乎天天喝。刑警的名譽、被害者遺族的信賴……全沒了，也不會再見到敏惠了吧。喝完酒，將包裝盒丟進垃圾桶準備離開時，一隻手冷不防抓住自己的肩膀。

「喂，垃圾該丟好吧！」

一名二十出頭的金髮男子拿起有森丟掉的酒盒。確實該丟進垃圾桶才對，但沒想到是被這種人……

「吸管是塑膠類吧，不能丟進可燃垃圾裡。」

囉嗦……根本存心找碴！

金髮男子將紙盒摔向有森的胸口。在形式上，男子的舉動已構成暴力罪。有森咂舌，男子一把抓住他的胸口。

「喂，老頭，你有什麼不滿！」

有森伸出粗硬的手掌抓住胸前那隻手。怎麼沒動靜？金髮男子的手臂沒什麼力氣，有森才稍加施力，怒目而視，金髮男子便露出幾分膽怯的神情。隨後像是覺得氣勢不能輸人，依舊抓著有森胸口的衣襟不放，佯作惡霸狀。

「有什麼不滿，快說啊！」

有森可是退休刑警。人是老了，卻也不至於打輸這小子，但何必將怨氣發洩在這上頭呢。算了。有森別過視線，撿起紙盒。

「阿伯，吸管要分開丟。」

有森將吸管和紙盒分別丟進垃圾桶。

「這樣才對嘛。」金髮男鬆了口氣，騎著機車離去。

有森帶著酒意漫步在直達燈塔的步道上。那個金髮年輕人只是混混吧，才不是為了垃圾分類這種鳥事，分明是想找人鬥毆。想當年，這種傢伙可碰過太多了。但此時此刻，有森發現內心隱隱透著幾分和那些傢伙一樣的心情，略感驚詫。白活這一把年紀了，差點失去了理智。

苦笑時，手機響了。

顯示為公共電話。搞不好是那傢伙……有森打開摺疊手機，按下通話鍵。

「喂。」

「好久不見，有森先生。」

和上次一樣的聲音，經過機器變造，聽起來很不舒服。有森沒有回話，只是靜靜聽著。

那個聲音並未提到任何與綾川事件相關的事。

「你的目的到底是什麼？」有森感到焦躁，不想被那聲音所牽制。

「跟上次一樣，想做個交易。」

「到現在還……」

平山已獲判無罪。基於一事不再理原則，只要判決無罪，無論如何都不可能再被起訴，換句話說，已經太遲了。但對方似乎洞悉有森的心思，笑著說：「沒問題的。」

「沒問題？什麼意思？」

「還是可能起訴平山殺人罪。」

「你在說什麼鬼話！」有森氣得捏緊手機。

看來這傢伙知道一事不再理原則，也應該很清楚無法再以綾川事件起訴平山。

「不是池村明穗，而是高木悠花。」

「你說什麼？」有森不自覺提高聲音。完全出乎意料。綾川事件已經走到死胡同，但還有高木悠花事件……說不定有辦法再讓平山以殺人犯身分定罪入獄。

要是平山因高木悠花事件被捕，不可能再被放出來，也許連綾川事件都會招認。話是這麼說……

「唯一的目擊證人川田清已經死了，那是高木悠花事件唯一的突破口……」

「還有證據。」那聲音冷不防插話。

「證據？什麼證據？」

「我會給你，但你得來拿。一看就知道是證明平山為真凶的關鍵證據。」

說完，電話便掛斷。

3

幾乎能烤焦路人的酷暑，一場陣雨後，蒸騰成難熬的熱浪。

千紗走出事務所，開車前往綾川町。在大馬路上左轉，往山麓前進。車子在一間透天厝前停下，千紗下了車後沿著房子附近繞行。往山麓方向走一小段路，看見熟悉的黃色小花，明明是夏天卻開著油菜花？真是怪了。後來才發現是一種名為一枝黃花的雜草。

往砂石路面的反方向走，來到了村落。原來這附近有間小小的稻荷神社。這裡是保護千紗的幸運地。其實原本會先經過神社，但因為一心跟蹤平山沒注意到。八歲那年，千紗

從怪物家中脫逃後就是在這裡停留一小段時間，然後又往山裡逃

如今回想起來，要是重來一次，千紗不會再跑進山裡，而是會往人潮聚集的地方逃跑。只是當年幼小的千紗滿腦子只想遠離那頭怪物，而且以為是直直往前跑，沒想到竟在山中迷路，最後又回到綾川町。

二十一年前，千紗就是被關在這間房子裡。

既然是跟蹤平山才來到這裡，那麼綁架千紗的人……無疑是平山了。

但內心還是湧上許多疑惑。為什麼平山要回來這裡？難道屋內還留有與案件相關的線索？懸著一番心思，千紗隔日又回來這裡，但目前沒有特別的發現。倘若警方能介入調查，或許會找出蛛絲馬跡。

抬頭望著怪物的家時，有人朝千紗走來。

「是松岡律師嗎？我是綾川署的人。」

是刑警。儘管有些猶豫，千紗還是聯繫警方，告知找到了二十一年前被囚禁的地點。畢竟怪物的家裡可能藏著找出真凶的證據。

「很遺憾，我們沒有找到任何高木悠花或池村明穗的物品。屋內沒有任何與事件相關的線索。」

「哦，這樣嗎……這間房子是誰的？」

「一直是空屋，沒有人住。」

根據調查，屋主是一對無人認識的老夫婦。入住後不久，丈夫去世，妻子便搬到安養院，因此可說幾乎沒人住過。由於人口老化，這一帶空屋很多，加上與其他房子有點距離，並不引人注目。想必犯人就是利用了這一點。屋內沒電，也沒瓦斯，但足以囚禁少女了。怪物的家，就是專門圈養女童的牢籠。

「您為什麼知道這裡就是囚禁地點？」刑警理所當然會這麼問。但千紗不禁語塞。

「哦……因為都是綠色屋頂，又是空屋，我就先進屋巡視了一下。對不起。」

她沒說平山當時就在屋裡。表面上是擅闖民宅，警察雖一臉為難，卻也了解當年被害者的心情，便睜一隻眼，閉一隻眼。

向警察道謝後，千紗離開怪物的家。

什麼都沒找到。這也難怪，犯人總不會都過了二十一年還留下證據。該銷毀的早都銷毀了。

到稻荷神社參拜後，千紗再次開車離去。

這次是駕車前往滿濃町的某個住宅區。沒事先聯絡不知在不在，但屋內似乎有人。門牌上寫著「高木」。

如今才來這裡或許沒意義，但千紗就是想走一趟。遲疑片刻後，按下電鈴。不久傳來爽朗的聲音，一位優雅的女性開了門，年紀約六十出頭；身後還有一位年齡相仿的男人。應該是高木悠花的父母。

「請問哪位？」

「突然打擾，不好意思。」

正要伸手進皮包裡拿名片時，男人「啊」驚呼一聲：

「是幫平山聰史辯護的……」

千紗上過電視，很快就被認了出來。由於是初次見面，千紗一邊點頭，遞出兩張名片。

「是的，我今天來，是有事想請教兩位。」

「請進。」

兩夫妻領千紗進客廳，並端出麥茶。

「平山的事我早聽說了。聽說目擊者川田先生也過世了。」高木悠花的父親開口。站在兩人的立場，想必難以接受這次的再審無罪判決。

「松岡律師，請妳告訴我。」母親垂著頭。「平山真的不是凶手嗎？」

若是稍早一點，千紗會回答「不是」，但此刻她沒有答案。她也很想知道答案，要是平山與綁架案無關，為什麼會出現在怪物的家？

「我們不清楚綾川事件的真相，我們只想知道那孩子現在在哪裡。只是這樣而已……」母親漲紅著臉說著。案發之後，高木夫婦親自在街頭發傳單，懇請民眾提供資訊；至今網路上仍張貼悠花的尋人啟事。千紗明白他們的心情，她也是為了查出悠花的下落，才來到這裡。

「方便的話，能不能告訴我一些悠花的事。」

對於千紗的要求，兩人沉默半晌才點頭答應，然後帶千紗到二樓悠花的房間。

「我說那孩子獨自一間房太早了，但妻子和我意見相反。」

打開角落的小房間，裡頭擺著許多兔子、松鼠等小動物的玩偶。千紗小時候也有玩偶陪伴。櫃子裡還有玩具屋、家家酒等玩具，塞得滿滿的。

千紗看著玩偶，覺得很難受。從時序來看，高木悠花在六月失蹤，也是最早失蹤的少女；接著七月，千紗被綁架，八月則是池村明穗遇害。當時，千紗在怪物之家聽到的若是同樣被綁架的少女聲音，那麼很可能就是高木悠花。但該對高木夫婦說嗎？不，連自己都無法肯定的事就隨意說出口，對於內心已受傷的人們太不負責任了。

「悠花很喜歡洋娃娃，每次一回家就要玩……」

母親聲音顫抖，擦拭眼角。丈夫的手緊緊環住妻子的肩膀。高木夫婦的身影與在丸龜的父母身影重疊了。或許，高木夫婦也在千紗的身上看見了悠花。

「要是能找到遺體，我們會好好埋葬。但現在什麼都沒有，真是死不瞑目啊。那孩子到底做錯了什麼……」

夫婦倆應該早做好悠花死去的心理準備，但畢竟遺體尚未尋獲，仍有一絲希望。想必盼望她還活著吧。

懷著難以按捺的心情，千紗對高木夫婦說了自己當年也曾遭到綁架的事。

果然，兩人驚訝得瞪大了眼睛。這種時候，自己究竟該怎麼做？雖然無法確知那名少女就是悠花，但若不坦承自己的遭遇，總覺得在欺騙這對傷心的父母。

「我會解開真相的。」

無法說出悠花會平安無事這種話，千紗說完，便離開高木家。

千紗開車前往丸龜市。

在高木悠花家雖一無所獲，但千紗動起不同的念頭。不能就這樣放過怪物的家。

食指在門鈴的一公分前停住。問了又如何？他會說出真相嗎？不，倘若他真的是凶手，那該怎麼辦？但總不能當作自己沒看到。千紗吞下口水，按了電鈴。

「哦，來了。」傳來沉穩的聲音。是平山。

「我是松岡，有事想跟你說。」

鎖開了。請進。門慢慢打開。

平常不會單獨進入男人的房間。但是，剛剛見了高木悠花的父母，千紗內心強烈地想採取行動。

很整潔。不，應該說是空蕩蕩的，矮飯桌和坐墊隨意擺在寬敞的屋內。飯桌上擺著剛買的手機。書櫃裡什麼都沒有，只躺著一本今井的新書《以正義為名的罪惡》。

「很像牢房吧？」平山自嘲，然後端出麥茶。隨後又愉快地說，房間裡有獨立衛浴太棒了。並且與監獄裡眾人共住一室的生活比較了一番，說岡山刑務所是這樣，其他刑務所好像也差不多。

「是嗎？呃，那個……」

下定決心而來，卻難以開口。假使平山就是綁架我的犯人，那麼像這樣當面質問，會發生什麼事呢？況且此刻，房間裡只有我們兩人。

千紗曾一度相信他在獄中流露出的強烈情感。他對妹妹的死極度憤慨，並且極力主張的確遭到冤枉。那時，千紗並不認為平山在說謊，可如今……難不成她太相信自己的直覺了嗎？

「找對象的事順利嗎？」

平山苦笑著搔搔脖子。看他這樣子，真的就是個平凡的普通人。但是不問不行，那晚看到的事非問清楚不可。

正在尋找時機開口，涼風捎來了悅耳的音色。千紗看向窗戶，那裡吊著一小盆植栽和湯匙，還有一串手作風鈴。

「以前在小學當工友，就喜歡動手做做備品什麼的。孩子們很喜歡，我也覺得很高興。」

案發當時，學校人員對平山完全沒有好評；沒想到平山說起當工友的事，卻意外顯得很開心。記得第一次見面時，他聲稱是走投無路才去當工友，說不定只是難為情，或許他很喜歡這份工作。

「我喜歡把東西拿來加工，光在牢裡就做了好多東西。啊，可沒做逃獄的工具喔。」

沒想到他還會開這種玩笑。但目前千紗笑不出來，得趕快把話題拉回綁架案。千紗指著今井的著作說：

「讀過那本書了嗎？應該還是很討厭刑警吧？」

平山深深地點頭。

「我不清楚警方是否真的反省了，若是如此，或許該原諒他們。」

「你待在監獄的時候還那麼怨恨刑警，你變了。」

沒有啦，平山說完喝了一口麥茶。千紗直盯著正傻乎乎苦笑的平山。

「平山先生，三天前你去了哪裡？」

平山眺望風鈴的方向，似在搜尋記憶。

「我去了父母濱。」

「只去了那裡嗎？」

平山輕輕驚呼了一聲，說自己還去掃了墓。

「那天是妹妹的月忌日。我出獄後，每個月都會去。」

「除此之外，沒去其他地方嗎？」

千紗連番質問，平山應該也覺得不對勁了吧。只見他閉口不語。千紗緊抿著嘴，等待他的回答。

才三天前的事，不可能推說忘記。千紗用絕不輕饒的眼神看著平山。他會怎麼回答呢？應該沒發現被我跟蹤吧？但要是逼得太過火，搞不好……平山要是因此動了殺意也不奇怪。

話說回來，就算平山猜到了，千紗也絕不會放過他。倘若他真的是犯人，絕對不會讓他隨便找藉口開脫。千紗沉默，彷彿感受到壓力，平山壓低聲音說了：

「松岡律師，妳是不是在跟蹤我，查探我的行動？」

無法否認，千紗點頭。正要提起平山在慶功派對後的那句話，平山卻先開了口：

「其實我收到一封奇怪的信。」接著嘆了口氣。千紗不禁重複他的話：「奇怪的信？」

「是的，熊律師拿給我一封沒有寫明寄件人的信，信上指稱我是二十一年前綁架殺人案的凶手，還說那間屋子裡有證據，所以我才會過去。」

面對平山出乎意料的解釋，千紗不禁瞪大雙眼：

「你是因為那封信才去的？」

平山搔著頭說：「沒錯。」

「松岡律師，我很感激妳幫我打贏官司，還我清白。但綾川事件還沒結束呢。無罪判決只是證明刑警和檢察官曾進行違法偵查，很多人直到現在依然認為我是凶手。因此，我也很想找出綾川事件的真相，才會跑這一趟。沒想到根本什麼都沒有，只是一間破破爛爛的空房子。」

乍聽之下雖是荒謬的說詞，卻符合邏輯。千紗想要看那封信，但平山表示因為讀了那封信後很沮喪，很快就扔了。就算謊稱信件的事，但一問熊不就穿幫了？看來是真的。

「我想這件事只會讓妳擔心，也沒必要提起，所以就沒告訴妳。」

平山的瞳孔一如往昔朦朧無神。

「對了，松岡律師，妳為什麼會問起這件事？」

沒想到會被反問，千紗立時語塞。這是轉守為攻的態勢。

「平山先生，我們在刑務所面會時，我曾說自己被綁架的事吧？你還記得嗎？那間空屋就是我當年被囚禁的地方，也就是怪物的家。這一點絕對不會錯。」

「咦，真的嗎？」

平山摸著下巴說：「原來如此。」然後坐正身體，靜靜凝視千紗的臉。

「松岡律師，妳沒事吧？還去了那種地方，很害怕吧？」

意外的關心，千紗一時說不出話來。

「要對抗孩提時曾遭遇的不幸，實在不容易。妳應該很痛苦吧。」

「平山先生……」

「只是，我常在想……」

平山停頓片刻，又接著說：

「松岡律師，妳很堅強。可就我看來，妳其實很想逃跑，只是為了找出真正的犯人只好硬撐著。妳不是為了自己，而是為了別人。」

「為了別人？」

「嗯，妳在刑務所的面會室就提過兒時被綁架的事。當時妳說在屋裡聽見了少女的聲音。我認為，妳現在會這麼拚命想找出犯人，是因為只有妳獲救了，而那個少女顯然已經遇害，所以妳才深受罪惡感所苦。」

瞬間，千紗瞪大了眼睛。

的確，與過去的交戰從未停歇，至今依然噩夢不斷。但真的是這樣嗎？自己不曾如此想過。不論是那個疑似高木悠花的少女聲音，或是隨後慘遭綁架殺害的池村明穗，那份罪惡感始終潛藏在內心深處……

「我記得妳說過《三隻山羊》的故事吧？」

聽平山問起，千紗驀然抬起頭。確實說過，還說要當《三隻山羊》中最大的那隻，與怪物正面對決。

「我家也有繪本，所以知道那個故事。遭到怪物攻擊的小羊說，後面還有更大隻羊，並且藉機逃跑。松岡律師，對妳來說，這個故事中最可怕的不是那頭怪物，而是拋下別人獨自逃跑這件事吧？雖然故事最後仍是美好的結局，大山羊打敗了怪物，但現實可不像童話。因此妳才下定決心變成大山羊，獨自與怪物戰鬥。」

千紗聽得目瞪口呆。平山說的沒錯，那是自己從未察覺、深藏內心的念頭。

「妳選擇與怪物戰鬥，很了不起，我尊重妳的決定。可是，松岡律師，妳並不需要成為大山羊。妳應該先接受自己的脆弱、多年來受傷的心靈，確實感受內心的愧疚之後再去戰鬥。況且，妳也不必單打獨鬥。像我只有一個人，但妳還有熊律師、法律事務所的人支持妳。要是妳願意，我也會在一旁……」

不知不覺間，兩道溫熱的液體從千紗的臉頰流下。

「這是很痛苦的經歷，謝謝妳願意跟我說。」

明明是來質問平山為何會去怪物的家，沒想到自己卻哭得稀里嘩啦。

「啊，話題岔開了。總之，我會去那間空屋就是因為收到了那封信，別擔心。我會遵守我們在刑務所的約定，我不會騙妳。」

千紗拿出手帕拭淚。

「平山先生，你沒綁架任何人，也沒殺害任何人，對嗎？」

面對千紗嚴肅的質問，平山大力點頭：

「是的，請相信我。」

清澈的眼眸。儘管還是一臉昏昏欲睡的模樣，但與田村彪牙截然不同。那是一雙真摯的眼睛。

千紗望向窗戶。手作風鈴清音嘹亮。

4

晚上七點半，有森前往被害者支援中心。

請假好一段時間了，想來正式辦理離職手續。雖然還想待在這裡，但背負著惡劣刑警的罵名，恐怕只會給中心帶來困擾。

「有森先生，你真的決定辭職嗎？不考慮留下來？」

出乎意料，白髮蒼蒼的所長居然加以慰留。他應該很清楚我的處境，說不定只是客套話。但那副表情看起來真的很為難，看來應該不容易找到願意無償服務被害者的志工吧。

「本來人手就不夠了，又聽說池村女士也要離職……」

這時，所長的臉上忽然閃過一絲說溜嘴的尷尬。是嗎？敏惠已經難過到無法工作了嗎？……不行，得趕快去找她，不然就見不到她了。

「池村女士在電話諮詢室嗎？」

「不是，她在諮商室和被害者家屬談話。」

有森前往諮商室。隱約傳來敏惠與被害者的交談聲。面談預計八點結束。有森在走廊等敏惠出來。

看著窗外時，手機響了。顯示為公共電話。

又是那傢伙嗎？之前還宣稱手中有足以讓平山被判殺人罪的證據。證據？有森當然有興趣，只是不願隨這來路不明的傢伙起舞，於是不予理會。

如今更重要的是敏惠。有森不打算接電話，繼續等待。

約莫五分鐘後，被害者離開諮商室。有森敲門後進入。敏惠正在小桌上寫字，一見到有森，睜圓了眼睛，然後別過臉。

「池村女士，該怎麼說……」

有森想一五一十向敏惠坦承自己的所作所為，卻不知從何說起。呆立了半晌才深深低頭：

「真的很抱歉。」

此刻，除了抱歉還是抱歉。敏惠始終凝視窗外，默不作聲。

「雖然為時已晚，但我還是想親口對妳說。」

於是有森將這二十一年以來關於案件的一切，毫無隱瞞地告訴敏惠。他並不期待敏惠說出「這不是你的錯」、「也是沒辦法的事」這種安慰的話；反而寧可看見她對自己發脾氣。

然而敏惠一言不發，甚至不確定她是否在聽有森說話。

「事情就是這樣。但我直到現在，依然認為平山是凶手。」

敏惠凝視窗外。漆黑的玻璃上映出電燈及兩人的身影。

過了五分鐘，敏惠終於開口：

「有森先生……」

聽到聲音，有森立刻抬頭。

「經歷了明穗的事，本來想為同病相憐的人們做點什麼。我原以為這麼做，好像就能一步一步往前走……」敏惠說到這裡，停頓片刻。

「……可是，現在的我什麼都不知道了。」敏惠大力搖頭，臉再次轉向窗戶。有森無言以對，愣愣地望著玻璃窗上映出的那張悲傷臉龐。

再度橫亙在兩人間的漫長沉默中，有森驀然明白——依然為時已晚——敏惠為何這麼喜歡鳥。這是因為她始終沉浸在明穗生前的回憶之中？她想必對鳥兒優游飛翔的姿態充滿嚮往吧？打從綾川事件後這二十一年以來，她始終被悲傷與痛苦所束縛，這才盼望像小鳥般自由自在？難不成我又將總算要振作起來的敏惠，再次關進了狹小的鳥籠？

一陣沉默。有森幾度張嘴，卻說不出話。

「有森先生，謝謝你一直以來的照顧。」

「池村女士……」

這時敏惠緩緩起身，轉身離開。有森雖然想追上去，卻仍定定站在原地。敏惠此刻最想要的是什麼？指認平山是犯人的證據？找出真正的凶手？抑或忘記那起命案，過著平靜的生活？

不，不行。殺害明穗的凶手仍逍遙法外，和我們呼吸著同樣的空氣，怎麼可以冷漠地接受如此荒謬的現實，如鴕鳥般安穩度日？

話說回來，現在的我還能做什麼？被迫接受無可逆轉的判決；高木悠花事件的目擊者川田清死去；數十年來的同事友人避不見面……失去了警察的公權力，我還能做些什麼？

手機來電，顯示為公共電話。

有森皺起眉頭按下通話鍵。

「總算願意接了嗎？」

好刺耳的聲音。

「你不想定平山的罪嗎？」

有森忍不住咂舌。當然想，還用問嗎？這傢伙要我去綾川町，說要把證據交給我。看來應該知道我住哪裡，自己送過來不就好了？究竟在打什麼主意？

「你想讓整件事就這麼結束？」

這傢伙似乎無論如何都要把證據交給有森。但那所謂足以讓平山因高木悠花事件定罪的證據究竟是什麼？

「我會在綾川町交出證據，希望你能拿這項證據來定平山的罪。」

那刺耳的聲音說出地址，有森寫下來。

的確不尋常，但整件事絕不能就這樣算了。明知蜘蛛絲會斷也得緊緊抓住不可嗎？有森還想了解碰面細節，但那聲音僅說「那裡有個鐵塔」，便掛斷電話。

有森駕車奔馳於夜路。

雖不喜歡被牽著鼻子走，但要在迷霧中找到出路，只能聽這傢伙的話了。

綾川町的山路未鋪設柏油，四下漆黑。被車輪彈起的小石頭，像小鋼珠般敲擊著樹幹。路面雖險峻，所幸晚上八點的小徑無對向來車，一路通行無阻。那傢伙說會看到一座巨大的鐵塔，而且再往前就不能開車，只能走路。

有森的思考迴路正在高速運轉。是誰打了這通電話給他？目的為何？那個地方究竟有什麼證據？眼前一片迷霧，卻只能前進。不能讓敏惠陷在情緒的谷底。

繼續前進。在山路上行駛二十五分鐘後，看見前方一座高大的建築物。

「就是這個吧？」

應該是手機基地臺。相當高，旁邊有條窄小的獸徑，車子過不去。有森只好下車，以手電筒照明，走入茂密的草叢中。

內心相當亢奮。附近除了鐵塔外無明顯地標。有森一邊撥開擋住視線的雜草一邊前進，腦中企圖思索接下來的幾種可能性。

話說回來，就算想破頭也想不出來，關鍵在於神祕來電者的身分與目的。為什麼要把證據交給我？腦中忽然閃過川田之死。老人的死與這件事有關嗎？若是，那究竟……

走了約十分鐘，有森停下腳步。手電筒照到幾塊傾倒的墓石，上頭多已破損，或裂開好幾道隙縫，似乎荒廢多時。

獸徑終於變得較寬敞，地面出現紅色的泥土。有森拿出手電筒環照四周，前方出現一戶豪宅。不，不是豪宅，是廢寺。這一帶人口外移，居民已經不多。

但這裡到底有什麼？……晚上八點五十五分，有森手機振動，就像專程來回答他的問題。立即按下通話鍵。

「你應該到了吧，是不是有間寺廟？」

有森輕輕應了聲「嗯」。

「要我來這裡做什麼？這是什麼交易，快說清楚。」

再度拿起手電筒照了一圈，依然沒人。在這樣的暗夜裡，傳來口哨般的鳥啼聲。

「有森先生，你堅決相信平山就是殺害池村明穗的凶手吧？我希望他被判死刑，或是判無期徒刑關一輩子。」

「哦。」

「所以，管他殺的是誰，結果不都一樣嗎？」

有森不自覺重複「一樣」兩個字。

「對，無論平山是因為殺死池村明穗，還是高木悠花而被判殺人罪，結果不都一樣嗎？沒錯吧？」

有森說不出話來，完全沉浸在那刺耳的聲音裡。

「警察傾全力追查命案，令人敬佩。但狡猾的凶手依然逍遙法外。我認為，他並沒有高明到比警察還厲害，只是走運。二十一年前，綁架高木悠花，加以凌辱、殺害，然後棄屍……凶手只是忠於他那克制不了欲望的人生罷了。」

這傢伙……有森驚訝到忘記眨眼。這番話似乎非常了解凶手，而且聽起來凶手並非平山，而是另有其人。莫非……

「寺廟旁有一口古井吧。」

有森照著對方的指示望過去。嘈雜的鳥鳴如影隨形，有森恍若未聞，直直朝古井的方向走去。一眼雖沒辨識出來，但撥開草叢後手電筒一照，的確有一口滿布青苔的古井。沒看見打水的吊桶或其他汲水器具，井的四周是堆疊一公尺高的石頭牆，上面有個被雜草覆蓋的石蓋。沒有思考空檔，下個指令又來了。

「移開蓋子。」

有森沒有撥開蓋子上的青苔，直接抓住石蓋，半蹲身子使勁。

總算抬起石臼般的井蓋，再往旁邊推開一道縫隙。往那道縫隙裡窺探，但什麼也看不見。有森撥掉在蓋子上爬行的天牛，又努力推出更大的縫隙，然後拿手電筒往井裡照。什麼都看不見。正這麼想時，突然發現有個白色物體隱隱反射著手電筒的光線。有森不假思索地伸長手臂，用手電筒照進更深處。手在顫抖。那是什麼？莫非是……心驚膽跳地再用手電筒照向那物體。

看起來像白色石頭的物體上有洞，而且像計算過似的左右對稱，下面還有一件小小的T恤和裙子。人骨。應該是小孩的。不會吧？難不成……

「看清楚了嗎？」

嗯，有森虛脫般無力地回應。

「這副小孩骨頭，就是二十一年前失蹤的高木悠花。」

看過太多遍筆錄，因此記憶猶新。悠花被綁架時就是身穿T恤和格紋裙。無庸置疑。

「我所說的，你總算明白了吧？」

有森咬牙切齒，原來這就是那傢伙的盤算。

「只要讓人找到這堆遺骨上有平山的頭髮，就能讓平山再度以殺人罪被起訴。你應該很擅長放頭髮這件事吧。」

果然如此……既然無法再讓平山因池村明穗事件被定罪，那就只剩下高木悠花事件了。即便他矢口否認，即便再審判決無罪，世人依舊認定平山就是連續綁架殺人案的真凶。這就是所謂的魔鬼交易嗎？真厲害！

「有森先生，期待你做出明智的抉擇。」

除了平山，還有另一頭怪物嗎？相較於池村明穗事件，平山在高木悠花事件中的角色其實只有川田的證詞，案發地點也不是他熟悉的地方。但是，當年會將兩起事件連結在一起，是因為警方認為方圓不到十公里範圍內幾乎不可能出現兩個殺人魔，所以並未認真調查平山之外另一名犯人的可能性，這也會讓整起事件變得更加複雜。

然而，那頭怪物在有森的心中狼嗥。雖然百般不願意，也只能這麼做了，這是唯一將平山繩之以法的手段……不，不行。就算讓平山背起殺害高木悠花的罪名入獄，另一頭怪物依然逍遙法外。絕不能容許這種事發生！

有森對著夜空吶喊。無視這痛苦的聲音，不知名的鳥群在綾川山中啁啾不已。

第五章　完全無罪

1

會場內響起熱烈掌聲，登上講臺的是一位外貌相當和善的人。

這裡是位於高松港附近的香川縣民廣場，場內湧進大批來聽平山演講的民眾，幾乎全是出於對冤案感到害怕或好奇，其中也不乏大學教授與作家。熊擔任主持人。由於平山無法獨自發表演說，於是採對談形式。所有人聽得津津有味。

「這段期間，讓你覺得最痛苦的是什麼事情？」熊提問。平山嘆了口氣說：

「唔，很難明確指出是哪一件事……我想，應該是先前沒有人相信我是被冤枉的吧。」

熊頻頻點頭。

「的確很痛苦呢。你剛才在『沒有人相信我是被冤枉的』這句話前面加了『先前』兩字，表示這已是過去的事。但實際上悲哀的是，目前仍有許多人懷著偏見。明明做出了無罪判決，媒體也大肆報導，還是有民眾會打電話或寫信來我們的事務所，痛罵這只能證明警方辦案疏失，依舊認定您是兇手。」

熊接著說，冤罪對被害者一生的傷害遠遠超乎大眾想像。平山也陳述在偵訊時受到的不當待遇。雖然口條不佳，但揭露真相的談話深深吸引聽眾。

「經歷了這場不幸，今後務必要幸福地活下去。想不想找個對象啊？」

「唉，這種事要怎麼說……」

有人開玩笑地吹起口哨，會場響起一片笑聲。

千紗一邊聽兩人對談，一邊思考接下來的行動。坦白說，目前陷在到處碰壁的窘境。那天向平山告別回到老家後，千紗就發燒整整躺了三天。等大腦稍微清醒點，想起平山口中那封神祕的來信，便又後悔當時怎麼沒進一步追問。直到現在還沒機會與平山談話，因此仍滿頭霧水。

然而，千紗對平山的看法起了轉變。儘管內心還有疑惑，但對他的信任感與日俱增。是否有人想讓平山再被關進牢裡？若她想得沒錯，那人鐵定就是真兇。

演講仍在進行，但千紗坐不住便離開會場。

既然平山是無罪的，表示綾川事件尚未解決。站在凶手的立場，平山先前所扮演的角色，在某個意義上可說是自我保護的盾牌；如今堅固的盾牌沒了，凶手顯然感受到極大的壓力，並試圖將嫌疑再次推給別人。會這麼做毫不意外。

千紗坐上駕駛座。回到原點吧！再次駛向丸龜市。

回到當年舉辦慶典的公園。這二十一年的痛苦就是從這裡開始的。公園中央搭起一座高臺，四周都是攤販。在播放《怪博士與機器娃娃》的音樂聲中，千紗穿著淡黃色浴衣，戴著美少女戰士小小兔的面具跳舞。

這時，町內會長拜託千紗去向酒販大叔拿啤酒。千紗走出公園，前往附近賣酒的店家，途中瞥見電線桿上貼著一張破舊的交通安全告示。經過電線桿後就什麼都不記得了。再次回到這裡，已經長大成人。

走到「注意行人突然衝出」告示牌旁右轉，看見一棟三層樓的大房子。經營汽車整備廠的屋主，就是當年那位町內會長。

再審聲請審查前，千紗也訪談過當年參加那場慶典活動的居民，但那時會長不在而沒問到。按下電鈴，一名約七十歲的老人來應門，一臉皺得活像嘴裡塞滿酸梅。

「哦，是千紗啊，什麼事？」

「會長，有事想請教您。」

老人已經不是町內會長，但因為當了很多年，大家還是稱呼他會長。會長要千紗別站在外頭說話，兩人走進客廳，會長太太端出焙茶和甜點。上次來時沒見到人，說是到兒子和媳婦家去。

「我就直接問了。」千紗開口。會長眨著眼睛。

「二十一年前，我被綁架的時候，您沒看見可疑的人嗎？」

可能猜想到千紗會這麼問，會長一臉不出所料的神情，略顯痛苦地點點頭。

「真是對不起妳，都怪我要妳去拿啤酒。」

「不要緊，真的。當時活動中真的沒發現可疑的人？」

會長輕輕啜了一口焙茶，悄聲說：「其實有喔。」

「真的？」

「有個男人躲在陰影下，似乎一直在窺探活動進度。」

會長又說，當時雖沒太在意，直到千紗被綁架後才覺得那人行跡可疑。說到這裡，會長又向千紗連聲道歉。

「您別這樣。那麼，是怎樣的男人？」

「是個矮冬瓜。」

之前就聽過了，矮個子的男人。但也就僅止於此。千紗想再問明特徵，會長則表示不記得那人的長相。還是只有這一點線索。即便知道是矮個子男人，依然於事無補。

「對了，沒想到警察昨天也來問了。」

會長又喝起焙茶。是嗎？警察居然會重啟調查千紗的綁架案？

「就是最近大家在說的那個前刑警有森。」

「咦？是他……」

真沒想到。千紗不自覺用拇指按住下脣，心下尋思，有森明明在電視上表示至今仍認定平山是真凶。難道他覺得平山也是綁架千紗的犯人，打算追查下去？不，綁架誘拐未成年者的公訴時效是五年，已經無法追訴。

有森追查這起事件的用意是什麼？一般人在飽受抨擊後都會低調避風頭，他卻如此積極，可見相當執著。看來是為了證明平山有罪，賭上了一切。

去見見他吧。千紗打定主意後驅車前往。我和他之間肯定有些想法是一致的，都對查明真相有著強烈的執著。

不久，抵達有森的家。

只不過，這個家和之前來訪時完全不一樣。窗戶破了，牆壁被噴成五顏六色。目前似乎無人居住。

「啊，您找有森先生？他好像搬家了。」住隔壁的老夫婦邊採小番茄邊回答。

「您知道他搬去哪裡嗎？」

「不知道吔，不好意思。」

想必是為了躲避媒體和惡作劇的民眾。若是如此，自然不可能洩漏新的地址。電話還打得通嗎？……恐怕連號碼也換了吧。

回到車上時，手機響了。

「喂，請問是松岡律師嗎？」

「我是。」

是警察。

「您知道平山聰史在哪裡嗎？我們去了他家，但人不在，打電話到法律事務所問，他們也不清楚。」

是為了綾川町那頭怪物的家吧。搞不好警方查到了什麼。平山上午在高松演講，下午的去向就不得而知。

「你們在那間房子裡發現了什麼嗎？」

「咦，您沒看新聞嗎？」

聽警方一說，千紗連忙打開車上的電視。每一家電視臺都在播報，報導標題是：「山上發現二十一年前遺骨」。千紗嚥了一口口水。

「在一間荒廢已久的寺廟旁的古井，發現了一具遺骸。那一帶人煙稀少……」

刑警的回答和新聞播報員的聲音重疊。詳細情形雖有待調查，但初步研判是高木悠花的遺體。腦中浮現不久前才見面的高木夫婦的臉龐。

怎麼回事？為什麼是現在……

謎團愈來愈多。但千紗更擔憂的是警方急於打電話來的原因。既然找到了高木悠花的遺體，表示警方不能僅僅當成失蹤案，而要視為綁架殺人案全面偵查。這時急於尋找平山，不就表示……

「警方在懷疑平山先生？」

刑警沒有否認。

「遺體上有頭髮，而且有髮根，DNA鑑定後和平山聰史一致。」

「怎麼會……」

拿手機的手顫抖不止。好一會兒，刑警說的話彷彿全飄進了空中。千紗告訴自己要冷靜、得冷靜下來，她緊緊握住手機。

「您要是知道他在哪裡，請立刻聯絡我們。」

電話掛斷。警方的口氣似乎在懷疑千紗隱匿嫌犯。

手還在抖。不敢置信。到底怎麼回事？千紗連忙搜尋相關報導，似乎是有人報警才找到遺體，除此之外，沒有更多的消息。

是誰報警？為什麼偏偏在這種時候找到遺體？在這乾等也不可能釐清事實。打電話給平山，沒接。

「無論如何，得重新商量對策。」

內心一片混亂，千紗開車前往丸龜市。

一如所料，香川第二法律事務所前聚集大批媒體。

看來平山家也是如此。千紗悄悄聯繫熊，兩人約在郊外的咖啡館碰面。

千紗先到，點了杯薑汁汽水等待，十分鐘後，熊搖晃著巨大身軀出現。見他東張西望窺探店內，千紗便向他招手。

「到底怎麼回事？」

熊擦過汗後，點了一杯冰咖啡。事務所的電話根本接不完，警察和媒體不斷打來，線路都要被擠爆了。

「我先讓穴吹小姐他們擋一擋，但不馬上回去處理不行。」

「平山先生的DNA與遺體上的頭髮一致，這消息媒體知道了嗎？」

「還沒正式發布。」

果然如此，警方現在行事算審慎，要是貿然發表，肯定引起捅破馬蜂窩般的騷動。再審獲判無罪後又因殺人案被拘捕，後續效應肯定一發不可收拾。

「不過，平山先生不見人影。演講結束後，我邀他一起吃飯，他說要直接回家後就失蹤了。千紗，妳也不知道他在哪裡吧？」

早數不清打電話給平山幾次了，比任何人都想得知他的下落。千紗大力點頭。

「只是，有件事很怪。」

「很怪？」

千紗認為不能隱瞞，便說出平山到怪物之家的事。熊一臉驚訝，露出悲傷的表情埋怨怎麼不早點告訴他。兩人先前通電話時，熊也表達出不同於旁人的關心……他一定很痛心。

「對不起。」

服務生端來冰咖啡，熊一口氣就喝掉半杯。

稍稍平復心情後，熊擺擺手說不打緊後又說：

「老實說，我感到很挫折。我始終相信平山先生不是真凶，我們也努力到了現在，沒想到……」

熊氣餒地抱頭。千紗聽了也大受打擊。但仔細一想，這次的情況同樣很可疑，警方聲稱頭髮上殘留髮根，不就與二十一年前池村明穗身上遺落頭髮證據如出一轍？莫非這次也是……儘管如此，還是得先面對眼前的現實。

「平山先生會去哪裡呢？」

高木悠花的遺體出現後，平山便人間蒸發，無論如何都會被懷疑是因警方掌握了關鍵證據而畏罪逃亡。

「反正，我先回事務所善後。千紗，快去找平山先生。」

熊放了一張千圓鈔票在桌上，快步走出咖啡館。

結了帳，千紗坐上車，緊緊握住方向盤。平山到底會去哪裡？平山素來喜歡兜風，也可能順著心情開車去了。

千紗再次打電話給平山，依然沒接，好像關機了。無奈之下，只好前往跟蹤他時去過的父母濱海水浴場。找了半天，還是沒看見平山。

聽見海水浴場的年輕人用手機聊天。

「聽說那個平山行蹤不明。」

「真假？完全超展開啊，警察大逆轉！」

千紗別過目光。看來消息已經走漏了。

「我說嘛，凶手就是平山。」

無法阻止他們這麼想。要是平山在這時候自殺了，那麼連續綁架殺人案的罪名就會全數套在平山頭上，而打贏再審無罪官司的千紗、香川第二法律事務所、菲亞頓法律事務所，全都將陷入難堪的處境。

然而，千紗對於此刻浮上腦海的平山自殺的念頭，隱隱感到害怕。平山失蹤，莫非不是畏罪潛逃，而是打算尋死？或是被殺害……這是最糟糕的結局。事件以平山疑似凶手落幕，真相將永遠石沉大海。

不行，絕對不能讓事態朝這方向發展。

千紗離開父母濱海水浴場，驅車前往平山可能去的地方，還去了那棟怪物之家，但依舊不見平山人影。

夜幕低垂，還是找不到平山。

又打了無數通電話，同樣為關機狀態。過了深夜十一點。都這麼晚了，不可能還在開車兜風吧。

手機來電。

平山嗎？低頭一看，是沒看過的號碼。媒體應該沒有千紗的電話。會是誰呢？

「松岡律師嗎？」

似乎聽過的男人聲音。

「我是有森義男。」

居然是他。不，想起來了，今天去過他家。記得當時給了名片。

「是關於平山的事。我想當面跟妳談。」

「我也是，我也有話跟你說。」

「哦，妳也是？」

於是兩人約好明天傍晚在千紗的老家「月園」見面。

有森主動聯繫有何目的？不至於特地來誇耀形勢已經逆轉吧，應是手上握有千紗不知道的訊息，而且想從千紗這裡獲得什麼。雖然他因違法偵查而聲名狼籍，但想查明真相這點與千紗一致。千紗願意相信他。

開車途中，千紗心裡只掛念著平山。

千紗在岡山刑務所對平山坦白當年的遭遇時，從平山的眼神判斷他是真心的；前幾天也是這麼想。難道一切都是謊言？千紗感到內心在動搖。

如今只懷著一線希望，希望平山還活著。

2

以時速五十公里前進。

前往碰面的路上，有森打開收音機，希望能多掌握一點消息。自從高木悠花的遺體在一間廢寺的古井中被發現之後，平山至今一點消息也沒有。

消息傳開後，民眾的態度一百八十度大轉變，立刻有人打電話給有森表達支持。但有森內心卻絲毫沒有「我早就說了」的得意之情。

先前在電話中，那個神祕人要求有森將平山的頭髮放在高木悠花的遺體上。有森陷入天人交戰。倘若遵照神祕人的指示，平山很可能會再次被送進牢房。那句「管他殺的是誰，結果不都一樣嗎？」深具魔力。

然而，最後有森並沒有這麼做。

並非出於純粹的正義感。他想逮捕平山的心情、甚至寧可不擇手段的決心也不曾動搖。可是……

或許這一連串案件並非平山一人所為，那個打電話來的神祕人也有份。過去，有森堅信高木悠花失蹤、池村明穗慘死，以及松岡千紗的綁架案全是平山做的，但這份堅信正在動搖。要是電話中的神祕人是共犯，怎麼可以輕易上當。我是一個曾逾越紅線的失格刑警，但不曾出賣靈魂。我的心始終和真相站在一起。

結束那通電話之後，有森本想將神祕人口中遺體的位置告訴警方，但沒料到，新聞這麼快就曝光了。有森拒絕了神祕人的交易，因此那人只好自行在遺體上栽贓平山的頭髮。由此不難推知，那個人有辦法取得平山的頭髮。而且如同當年車上的頭髮，可用於DNA鑑定的頭髮不會是自然掉落的。果真如此，就是直接從平山頭上拔下來的。能夠做到這一點的有多少人？

至於平山的失蹤……理由不清楚。此時逃亡是最下策，形同認罪。該不會因為絕望而尋死？倘若凶手另有其人，平山又為何要躲起來？要是遭到真凶殺害，對凶手可說是百害而無一利。難不成凶手有十足的把握，沒人會發現平山的屍體？

想掌握更多的訊息。而且接下來要做的，就是鎖定能夠拿到平山頭髮的人。平山身邊的人嗎……首先浮上腦海的就是辯護律師。

只能找那孩子談一談了。

有森一度猶豫，最後還是撥通了松岡千紗的手機號碼。事態出乎意料發展，那孩子內心肯定很混亂。她不可能幫助平山逃亡，因為平山不露面，就得永遠背下所有罪名。這不會是她想看到的結果。若猜得沒錯，她應該會與有森合作。

進入丸龜市，導航告知五分鐘後抵達。

「真懷念啊。」

和千紗約在「月園」碰頭。

二十一年沒來了，記得是一家有著弦月Logo的烏龍麵店，店內空間不算大，當年調查綁架案時來吃過，味道也沒印象了，應該就是中規中矩吧。

雖然不是公休日，店門口卻貼著一張「臨時休業」公告。想必是高木悠花遺體被發現後，媒體蜂擁而至的緣故。有森環顧四周，確定無人才走過去。

店門沒上鎖。開了門，眼前一身套裝的千紗顯得相當青澀，獨自坐在座位上專心閱讀手中的資料。

千紗瞥見有森，立時露出求助的眼神。

「不好意思打擾了，我想妳應該很忙。」

「哪裡，再審後就沒碰過面了吧。我爸媽在裡面，店內沒有人。」

「哦，那麼……」

有森一坐下，千紗便鎖上大門，然後端茶出來。有森啜了一小口茶，很快進入主題。

「松岡律師，既然是我要求見面，就由我先說說目前掌握的消息吧。」

有森將那通可疑的來電，毫無隱瞞地告訴千紗。千紗驚訝得瞪大眼睛。

「很難相信吧？但是千真萬確。」

「不，有森先生，我相信。這一連串案件的真凶果然另有其人。」

雖然還不能百分之百確定，但高木悠花事件的凶手，恐怕就是來電的神祕人。否則為何會知道棄屍地點？至於是否同時為殺害池村明穗、綁架千紗的犯人，有森仍不敢肯定。

「有森先生，凶手肯定是同一人！」千紗斬釘截鐵地斷言。

有森不覺訝異，為何千紗的口氣竟如此篤定。沒想到她接下來說的話同樣教人吃驚。

千紗表示，平山不知被誰找去了當年囚禁她的那間房子——她口中的「怪物之家」。一般人聽到可能會大呼不可思議，但有森靜靜地聽著，因為他也接到了可疑的神祕來電。

「我接下綾川事件的辯護後，始終認為這三起案件有一定的關聯性；直到再審結束，我開始著手調查我自己的綁架案。請您看看，我認為彼此間脫不了關係。」

千紗將手中寫得密密麻麻的筆記遞到有森面前。

裡面全是千紗對這一連串事件的調查內容。她遭到綁架時，有證人目擊到一名可疑人物，據稱特徵是個子矮小。的確，當初在偵辦時聽過這樣的證詞。調查得真仔細啊。沒想到她能單打獨鬥到這種地步，沒有堅決的信念是辦不到的，不愧是當年那個從怪物家成功脫逃的孩子。

接著，有森尋思，看來把平山叫出去的人，肯定就是打電話給有森的神祕人。到底會是誰？

「妳認為誰有辦法拿到平山的頭髮？」

幾秒鐘後，千紗微微張嘴，整個人愣住。

「難道是那個時候……」有森追問之下，千紗詳細描述當天的情景。在東京舉行再審無罪判決的慶功派對時，一名舉止怪異的女人曾抓住平山的頭髮。千紗親眼見到平山遭人扯掉頭髮的痛苦模樣。日常生活中幾乎不可能發生頭髮被人連根拔起這種事。當然，光憑這點就鎖定那女人還太早，但如果拔頭髮是出於特定的目的，那麼包含女人在內的現場人士也有嫌疑。這是值得調查的線索。

「查得到當時參加派對的現場人士名單？」

「嗯，應該有名冊。我查好就聯繫您。」

有森看著千紗，想起已故的女兒。要是女兒還在，應該才比千紗大上幾歲吧。說不定早結了婚，還讓我不捨地掉了眼淚呢？不知為何，腦中掠過這個念頭。

「有森先生，您在聽嗎？」

有森略感歉疚地抬起頭：

「哦，我沒聽清楚，請再說一遍。」

「我剛問您為什麼會打電話給我。原本深信平山聰史就是凶手，如今卻一百八十度轉變。要是顧及刑警的面子，有森先生應該會遵照那通神祕來電的要求捏造證據，或是佯裝不知情吧？所以，我想知道您為什麼要幫助我。其實我認為您是一位極富正義感的刑警。」

有森苦笑著說：「不敢。」

「我差點就把靈魂賣給惡魔了。」

的確，有森幾乎被那通電話打動。一度以為可以利用高木悠花事件來逮捕平山；甚至覺得，就算因此讓殺害悠花的真凶逍遙法外，他還是能設法揪出那傢伙，親手宰掉他也行。如今回想起來，這種念頭也太瘋狂、太荒唐了。

「松岡律師，妳並不清楚平山去了哪裡吧？」

千紗點點頭。警察恐怕也問過她了。她不光是辯護律師，還是綁架案的被害者。年齡雖不到有森的一半，人生也算受過苦了。有森認為千紗不至於撒謊。

「最令人擔心的是殺人滅口？」

面對千紗的疑問，有森默默點頭。沒錯。站在真凶的立場，最好的狀況便是平山就此人間蒸發。若能殺掉平山，藏起屍體，或是在找不到屍體的情況下讓世人以為平山畏罪自殺，就能換得永遠的自由身。

千紗似乎完全不知平山的去向，於是兩人聊起平山的為人。對於千紗口中的平山，有森頗感意外。

平山在小學當工友時很喜歡孩子；平山擔心千紗，並且表達關心；平山十分想念他妹妹……雖與案情無關，卻是有森從未聽過的平山。

「如今責怪別人也沒有意義，但平山先生的確是因為受到妹妹死去的打擊才自白……

我想這應該是事實吧。至少我是這麼想的。」

或許如此。有森慢慢同意千紗的看法。他覺得二十一年前對平山聰史的印象都是出於個人觀點，因此很可能產生偏見。事到如今，這些想法也成不了法庭上的證據，但不知為何，此刻卻在心中迴盪不已。

兩人又聊了一陣。

「那麼，松岡律師，之後有消息……」

「好，我會立刻聯絡您。」

有森離開「月園」，坐進車裡。

真慶幸兩人能聯絡上。但沒想到平山竟去了當年囚手囚禁少女的房子。無論如何，最大的收穫應該是能夠與松岡律師同心協力，並肩作戰。

就等她從派對名單中找出有機會取得平山頭髮的嫌犯了。而目前最大的問題是，平山究竟去了哪裡？

外頭已夜幕低垂。

有森緊握方向盤，略感後悔醒悟得太遲了。或許自己從未真心面對過平山。對於被害者的同情雖是辦案的動力，但這股動力或許正是造就冤罪的源頭，而對犯人的憎恨也蒙蔽了身為刑警的判斷力。

綾川事件就是這樣。無法接受女兒死亡的情緒壓在心底，又將池村明穗與女兒的身影重疊，於是將找不到出口的憤怒一股腦兒發洩在平山身上。

來到綾川國小前。

車子停在河岸邊。因為辦案來這裡幾次了呢？至少為了平山就來過無數次。然而，在平山被捕前，對這一帶可說全然陌生，除了眼前偵辦的案件之外，有森對平山的一切毫無所悉。

有森想起千紗剛才的話。平山對千紗說過的話應該不是編出來的，從話語間看得出他善良的本性。我只重視平山犯下的罪行，卻拒絕了解他的為人，恐怕就是這種心態造就了冤罪。

——平山，你到底去了哪裡？

有森駕車前往平山的老家。

老家已經拆遷，連痕跡都找不到，但附近有一座公園，看起來相當尋常的小公園，裡面設有許多新型遊樂器具，像是安全性較高的蹺蹺板和溜滑梯等。

應該也是後來新裝設的。有森坐在無人的鞦韆上望著沙池。三十多年前，平山肯定與妹妹一起在這裡頭玩耍；而他絕對想不到，會在十多年後被當成綁架少女的殺人犯。

沒辦法，還是想不到。

有森長嘆一口氣，無力地搖頭。

想同理平山的心情來找出他的下落，依舊毫無頭緒。警方應該把他可能的去處都查過一輪了。那我還能做什麼呢？

正在垂頭喪氣時，手機響了。

是千紗嗎？

顯示為公共電話。

不會吧，難道是那傢伙……有森眨著眼睛，趕緊打開摺疊手機，慢慢按下通話鍵，同時按下錄音鍵。

「……喂。」

「有森先生，好久不見啊。」

又是經過變造的聲音。果然是那傢伙。沒想到這種時候他還會打來。先前有森沒有答應他的要求，並未栽贓到平山頭上。按理說不會再聯絡有森才對。

「快去自首吧。」有森不帶情緒地說。當然，對方不可能同意。有森一邊拖延對話，一邊想從說話方式判斷對方是怎樣的人。莫非兩人曾經見過面？還是完全意料之外的人？但從目前的語氣聽來，似乎感覺不到被有森拒絕之後的憤怒。

「你希望我去自首嗎？」

什麼？有森在內心嘀咕。這傢伙故意岔開話題嗎？不懂。這傢伙究竟是誰？假使要讓平山背上殺人罪名，做到這種地步也該夠了吧。為什麼要再聯絡有森？不論怎麼變造聲音，有森已經錄音了，只要分析聲紋便能成為證據，這點那傢伙應該也很清楚。要是沒有重大的目的，不可能再打電話來。

「你想知道平山在哪裡嗎？」

有森語塞。

「警察到處找不到人，要是被你找到並且逮到人，你就能完全恢復名譽。」

有森拿著手機，氣憤得咬牙切齒。居然還說得出這種話，到底有何企圖……

「平山還活著吧？」問了最想知道的事。但只聽見笑聲，沒有回答。

不明白這傢伙在打什麼主意。假設平山已經死了，那麼對這傢伙最有利的情況就是找不到屍體。說不定……平山還活著？可是，比起監禁七、八歲的女童，要監禁一名成年男子並不容易。再說，監禁平山做什麼？要是因此被看到臉，不就更不應該讓人活著？

「怎麼樣？沒時間了！」

彷彿看穿有森的心思，那聲音不住催促，打斷了有森的思索。混帳……

「好，你說吧。」無力地回應。對方似乎很滿意事態的發展。有森表示要拿紙筆記下，想藉此拖延時間，但對方只冷淡回覆沒必要。

「綾川有一間透天厝……」

那聲音說出了平山的下落。好像曾經聽過這個地方，啊，就是千紗口中的「怪物之家」。當年千紗就是被囚禁在那房子裡。為什麼平山會在那裡？

「接下來就看你要怎麼做了。」

有森想再追問，對方卻立即切斷通話。算了，反正那傢伙也不會回答對他不利的問題，問或不問都沒差。只是，眼下有森該怎麼做？

不，其實他內心早就有了答案。

插入車鑰匙，將怪物之家的地址輸入導航，有森驅車離去。

我已經一無所有了，沒什麼好怕的，與其擔心落入陷阱而躊躇不前，不如跨出這一步，探探那傢伙真正的企圖。二十一年前的連續綁架殺人案，我有責任見證最後的結局。

有森前往怪物之家。

導航顯示十五分鐘後抵達目的地綾川町。途中，有森深深回顧這二十一年來和事件有關的一切。發現池村明穗的屍體、進行違法偵訊迫使平山自白、遇見長大成人的千紗、今井的背叛，以及那通神祕來電……肯定出於同一人所為，三起綁架案的真凶絕對是同一個惡魔。會是誰呢？那傢伙又是為了什麼……

手機響起，顯示來電為松岡千紗。

看來查到了取走平山頭髮的嫌犯。想去拿手機時，剛好轉換綠燈，有森收回伸出一半的手。算了，目前不想被耽擱。

十次、二十次，手機響個不停。

像聽音樂般聽著無聊的來電鈴聲，有森朝怪物之家前進，並且用力踩下油門。

3

在昏暗的房間中，千紗努力整理思緒。

有森的話真教人吃驚。倘若他說的是事實，那麼神祕的來電者應該就是一連串綁架案的犯人。如今殺人罪已廢除公訴時效，兩起綁架殺人案的真凶很可能被判死刑。

況且，如同有森所說，高木悠花遺體上那根平山的頭髮，並非二十一年前就在那裡，而是有人故意放的。除了電話另一頭的神祕人還會有誰？千紗在與有森的談話中，很快便確信這點。

此外，千紗也同意有森的做法，應該要立刻鎖定能夠取得平山頭髮的人。千紗決定去事務所一趟，於是走向車子。這時，背後傳來聲音：

「這麼晚了還要工作？妳還好嗎？都幾天沒睡好了。」

回頭一看，是母親。父親也從屋內探出頭來。

「妳不能再這樣拚命了，要好好照顧自己。」

「我知道。」

「妳的辛苦，爸爸媽媽都看在眼裡。看妳眼睛紅成那樣……千紗，可以了，別那麼拚。我們希望妳像其他年輕人一樣，去玩、去聊天、去做喜歡的事。」

「我說我知道了。」

千紗再次打斷父母。都走到這裡了，不能回頭。已經不只是為了克服內心的創傷，平山、有森、死去的池村明穗和高木悠花……如今，自己身上背負著許多人的期待。

「妳在聽嗎？千紗。」

「我必須找出真相！」

「千紗……」

母親露出悲傷的表情。手機顯示來電。對不起，媽……千紗在心中道歉。

「喂，我是松岡。」

「千紗，我查過了。」

電話那頭傳來興奮高亢的嗓音。千紗已經在電話中將有森來訪的事告訴熊，他大吃一驚，但聽到平山很可能被冤枉後，便像隻裝上新電池的電動熊玩偶。

「那天會場上有可疑人物嗎？」

「這個嘛……我列出了名單，妳要不要來看？」

「好，我立刻過去。」

電話打斷了千紗與母親的對話。

母親一言不發，父親在裡面點著頭。千紗愉快地說了句「我出門了」，便坐上車，駛離「月園」。

香川第二法律事務所燈火通明。

千紗快步走進事務所，聽熊說明狀況。除了那名在派對上抗議的女子，所有人都在名單上。

千紗盯著名單，香川人比較多，也有不少陌生的名字。

「很多沒聽過的名字，其中有可疑的人嗎？」熊問。千紗歪著脖子說：

「硬要說的話，或許是這個人。平山先生倒下時，他特地上前攙扶。」

「哦，是嗎？」

「這個人則是遞了小毛巾給他。」

「妳記得好清楚。」

這樣下去，應該會花掉不少時間。千紗嘆氣，但熊卻顯得很有自信。

「熊大哥，有發現了嗎？」

熊點點頭。

「一般來說，大家往往會懷疑那個來抗議平山的女人，但我判斷不是她。」

熊吐了長長一口氣。

「我覺得這個人最可疑。」

千紗看著熊指著的人名，輕聲驚呼。

那個名字是今井琢也。的確，就某個意義而言，今井有前科，他二十一年前就捏造過證據。

「今井有經驗，他可是捏造證據的專家。」

熊接著補充。「況且手法一模一樣。」然而，若非今井在法庭上全盤托出，平山此時依然身陷囹圄。既然放走了平山，為何要再讓他背黑鍋？

熊一副了然於心的表情。

「今井正在為錢苦惱。」

「為錢苦惱？」

「嗯，他嗜賭成性，還向地下錢莊借錢，現在不僅被追債，好像還有生命危險。」

熊接著說，今井為了還債不擇手段，像是不惜在全國民眾面前認錯，隨後成為悲劇英雄，再透過出書和演講還賭債……聽到這裡，千紗瞪大眼睛。

「其實，我一直沒對妳說。今井曾經因為債務問題，來事務所找我諮商。我認為他是個為了滿足欲望，什麼事情都做得出來的人。」

聽說書賣得不錯，但電視通告及演講邀約卻突然喊停。今井並非冤罪的被害者，而是加害者。社會大眾不會容許他藉機海撈一筆，因此他仍在為錢苦惱。

「說來悲哀，在這個世界上，人性本善是不成立的，僅適用在少許人身上。這些與凶殺案有關的諮商者，根本只是來找律師麻煩，全是怪物。」

千紗回想起再審聲請審查時，今井痛哭失聲的模樣。當時還為此雀躍不已，以為自己的推測果然沒錯。原來，那些哭喊全是演技？腦海中，今井的髮型從二分區式逐漸轉成金髮，容貌也變成推落幼童致死的田村彪牙。

不過，就算今井是怪物，也不能證明他就是從派對上取得平山頭髮的共犯。

「有任何足以證明今井嫌疑的線索嗎？」

「還沒有。我是先用消去法啦。」

熊承認剛才的推論全憑臆測，收起了原本自信滿滿的表情，聲音也變得消沉，事務所的氣氛一片凝重。平山的失蹤讓所有人筋疲力盡。

雖然不能斷定今井就是共犯。可是客觀來看，目前從這份名單中找不到能取得平山頭髮的嫌犯，那麼，或許只能先把調查重心放在今井身上。

事務所內依然寂靜無聲。牆上當地律師協會捐贈的懷舊時鐘，傳出秒針一格一格移動的聲音。

這時，熊打破沉默，口中似乎在說什麼。

「熊大哥，你怎麼了？」

刻意保持語氣開朗，又透著輕微的不安。熊沒作聲，眉間擠出深深的紋路。

「有件事，我一直說不出口。」

熊望向遠處。千紗將目光投向室內一角，嘴上重複著「說不出口」四個字。

熊輕輕搖頭。

「唉，以後再說，對不起。」

「哦。」

千紗心想，看來不好再追問下去。到頭來，還是找不到可以取得平山頭髮的人，也想不出派對上有哪些可疑人物。

千紗再次盯著派對出席名單。名單是以五十音排序，因此從「あ」行一個一個看下去。青木、石川、內田……幾乎都是超過五十歲的陌生名字。千紗邊看邊推理，倘若二十一年前三起綁架案都是同一人所為，而且還打電話給有森，那麼會是誰呢？二十一年前就能綁架千紗的人，想必有一定的年紀，要是個子矮小的證詞為真，應該就能再縮小範圍。目前雖不清楚出席者的身高，但從團體照就能大致知道高矮。

反覆思量，仍判斷有辦法取得平山頭髮的人就在派對出席名單中。也許是由別人將頭髮放在高木悠花的遺體上，但至少這個人能夠下達命令。

進入「か」行。葛西、岸田、工藤……多為相當平凡的姓氏。然後，千紗的視線在某個姓氏上驀地停下。

——妳在想什麼啊……

熊弘樹。熊的體型高大，屬於第一輪就會被剔除的人選。但千紗不禁想起二十一年前，熊還是國中一年級的學生，相較於成年人應該算得上個子矮小。國中生綁架千紗，又綁架其他兩名女童並加以殺害……如此邪惡的劇本誰想得到呢？

因為犯人有車，警察當年應該沒考慮到凶手是青少年的可能性。國中生開車陸續綁架三名少女，把她們關在怪物之家再行凶，聽起來荒謬，卻也無法全然否定。畢竟這一連串案件就夠荒謬了不是嗎？再來點意外也不足為奇。

熊端著咖啡過來。

「要喝嗎？」

千紗不由得縮起身子。自己現在應該看起來很蠢，膝蓋仍抖個不停。不對，這一切太可疑、也太詭異了。倒退時撞到了桌子，桌上堆成小山的文件轟然在地面散開，但千紗沒看一眼，拔腿就衝出事務所，上了車，發動引擎揚長而去。

響了好久，有森沒接電話。

沒關機，也沒開啟電話留言。為什麼這種時候……掛斷再打，依然沒接。

已經三天沒睡了。

身體累到好想睡，但大腦拒絕休息。

不曉得要去哪裡，究竟要逃到什麼時候才能安心，二十一年來反覆做著逃離怪物的噩夢。下定決心與怪物奮戰之後，雖然艱難地打贏了平山的再審官司，也終於發現怪物的形象只是房子牆壁上的汙漬，仍舊甩不掉噩夢糾纏。

豈止如此，噩夢成真了。

追趕千紗的怪物似乎變得愈來愈強大，逃跑沒用，戰鬥沒用，放棄也不會變得更輕鬆，肯定哪天就會將千紗生吞活剝。隨時都能吃掉妳！而且要等待更美味的時刻再下手！

不知不覺開回丸龜市。

對於千紗而言，父母自然能夠帶來撫慰，而且撒撒嬌就好。但是現在的她做不到。明明是為了父母才振作起來奮戰，反而陷入讓兩人擔心的惡性循環。千紗不願看見父母憂心忡忡的神情，於是半途改道。

果不其然，在綾川事件塵埃落定之前，在揪出真凶之前，這場噩夢不會停止。戰鬥是正確的選擇。千紗又揉了揉兔子般的紅眼睛，試圖讓大腦清醒。

案件的哪些部分還未釐清？根本數不清。其中最教人頭痛的就是真凶的身分。到底是誰？三起綁架案肯定是同一人所為。目前看起來，幾乎可以確定犯人不是平山。那麼會是誰？然而，找出犯人之後，我會怎麼做？

叭叭叭叭——

傳來刺耳的喇叭聲，千紗急踩煞車。聽見遠處大罵「搞什麼鬼！」，車子打滑轉彎，撞上護欄後總算停住。後方的車子邊按喇叭邊超車。千紗趕緊將車子開往路肩停住，按下警示燈後閉上眼睛。

聽見了激烈的心跳聲。與死神擦身而過。握住方向盤的手心全是汗。千紗將一手按在胸前，反覆深呼吸。別再戰鬥了，停止吧。或許這是怪物給的警告：不聽話就殺掉妳！

做得夠多了吧？已經盡力了，接下來就看運氣吧。即便一輩子得被噩夢糾纏，日子還是要過下去，不是嗎？都是因為擅自決定戰鬥，怪物才會再度現身。

正想伸手按掉警示燈時，手機響了。

顯示為公共電話。難道是……有森的話浮現腦海。沒錯，打給有森的神祕人就是使用公共電話。

「松岡律師嗎？」

聽到聲音後，千紗立時全身僵硬。一如所料，是經過機器變造的聲音。沒錯，就是聯繫有森的神祕人。

「你是……」

才決定要放棄，為什麼這時候打來……千紗不發一語，緊握手機。

——你究竟是誰？

為什麼會打電話來？可以理解為何要聯繫有森，但打給千紗能得到什麼好處？

「想知道真相，就來那間房子。」

綾川町的怪物之家？那裡還有什麼？平山在那裡嗎？……想問的太多了反而全堵在喉嚨。想起要錄音，但不知何時已聽不到聲音。對方切斷了通話。

千紗睡意全消。想知道真相，就去怪物之家。太諷刺了。才動了放棄的念頭，怪物便主動接近……怪物肯定在那裡張大了嘴等著我自投落網。要去嗎？

好害怕……不想去……但若錯過這個機會，真相便石沉大海，我能接受嗎？平山曾以《三隻山羊》中的小羊來比喻千紗。他說的沒錯。從前的我只能逃離怪物，我不像大山羊那樣，有足以對抗怪物的堅固大角。而現在的我，可以拚命一搏。回到當初逃離的那間房子，與怪物正面對決。

千紗按掉警示燈，再次緊握方向盤。

來過很多次，雖然一路上伸手不見五指，依然不會迷路。

走沙石路往山麓駛去。將車上的冷氣開到最大，依舊感到全身火燙。

與來調查時一樣，千紗將車子停在草叢裡，快步走向怪物之家。四下沒看到其他車子，或許停在別處。神祕人肯定在裡面等著。

沒開手電筒，千紗慢慢繞到屋子後方。

藏鑰匙的花盆已經翻過來了，門開著。果然有人在。

像打開保險櫃般小心翼翼開了門。鴉雀無聲。彷彿暴風雨過後，寂靜支配了這個遭到詛咒的怪物之家。千紗打開手電筒，從客廳往走廊照射。沒有可疑的動靜。

上次進到屋內，被高高疊起的櫃子擋住去路，如今櫃子卻不見了。千紗緩緩移動步伐，以防地板脫落踩空，一邊避免發出腳步聲。

還以為屋裡有人，但一點聲息也沒有。我上當了嗎？正躊躇時，掃到走廊的光束照出一道人影。千紗驚訝地張大嘴，努力不驚呼出聲。

走廊的角落站著一個人。怎麼回事？千紗瞪大眼睛。

「居然是你?!」

頂著一頭銀髮的男子正是有森。一只手電筒掉在牆邊，光杯朝向無意義的方向。有森俯視地板，視線的盡頭是一個仰躺成大字形，似乎正在流血的男人。

如雕像般俯視流血男子的有森，手上握著沾滿血的菜刀。

4

幽暗中，空虛的燈光不規則搖晃著。

明明距離很近，聲音卻好遙遠。不知道她在說什麼。啊，對了，報警嗎？連這麼簡單的事，有森一時間卻想不起來。

收起手機，千紗將手電筒照向有森，接著後退了幾步。

有森心想，千紗似乎認定是自己持刀行凶。不久前，有森接到了神祕人的電話，在對方表示要告知平山下落的引誘下，來到這間房子。有森剛到不久，一進屋便看見地板上躺著一個滿身是血的男人，起初以為是平山，定睛一瞧死者頂著大光頭，正是曾經一同追捕平山的今井琢也。

千紗的視線停在倒地的今井身上。不，有點不對勁。滿布血絲的眼睛又轉向有森手上的菜刀。

一般來說，不可能去撿掉落在命案現場的刀子，但這次不一樣，因為那把菜刀很眼熟……用很多年了啊，拿著這把刀切過好多次醃蘿蔔，然後做成炒蘿蔔乾。

「……有森先生，到底怎麼回事？」

有森一言不發，望著手中滿是血跡的菜刀。這種狀況，誰都會認為刺死今井的人就是我。

——哦，終於懂了。

為什麼沒想到呢？那傢伙一開始就設下陷阱，才把有森叫來這裡。有森搬去租屋處後，要闖進舊家拿走菜刀並不難。

千紗蹲下來觀察今井的狀況，然後抬頭注視有森。有森沉默地別過視線。

看來千紗也是被引誘過來的，為了讓她成為有森殺害今井的目擊證人。

這起事件似乎和想像中的不一樣。有森一直以為真凶為了自保，刻意將平山栽贓成殺人犯，但是完全錯了。策畫這一切的人雖懷有強烈的惡意，卻非一開始就打算這樣做。這麼看來，莫非凶手是……不，應該就是……

一片寂靜中，千紗緩緩起身，與有森保持一定的距離，而且不看他。

有森好像這才發現凶器還在手裡，於是輕輕放在地上。

「平山先生不在這裡嗎？」

「啊……」

打斷談話的是米老鼠進行曲。有森和千紗互看一眼。令人毛骨悚然的音量，兩人緊張地環顧四周。

有森盯著走廊盡頭的一道門，千紗也順著他的目光望去。有森沿著走廊上前，慢慢轉動那道門的門把。

聲音就來自這房間。千紗拿著手電筒從有森的後方往房間照。床上躺著一支閃著光芒、不住作響的手機。

有森一個箭步上前想按下通話鍵，但由於不熟悉智慧型手機操作，電話還是響個不停。螢幕上顯示「未顯示號碼」。

「喂！喂！」

有森終於接起電話，另一頭卻默不作聲。

通話很快就斷了。惡作劇嗎……有森盯著手機。千紗伸手過來，有森將手機交給她。

「這支手機……和平山先生的一樣。」

千紗猶豫片刻，操作起手機。手機首頁上僅有一個動畫資料夾。千紗放大畫面讓有森也看得見，然後按下播放鍵。

畫面上出現一張老人的臉。

「在我死掉之前，我想要坦承一切。」

老人一臉痛苦，但說完這句話後，一字一句說出真相。拍攝角度很像有森遭到記者偷拍的影片。

「我認得他。」

千紗不禁瞪大眼睛。有森也雙眼發直。手機畫面上的老人清了清喉嚨，幽幽開口：

「二十一年前綁架殺害池村明穗的人就是我。綁架殺害高木悠花的人也是我。還有，綁架松岡千紗的人也是我。」

老人是川田清。

完全出乎意料之外，兩人愣在原地動彈不得。接下來，影片中的川田老人一五一十還原當年犯案經過。

「不知道為什麼，那段時間的我很不對勁。在公園看見悠花，正確來說，是看著她的格子裙迎風飄揚的時候，我發現自己克制不了衝動。剛好綾川有一間廢棄的房子，那裡就成了我的祕密基地。」

老人脫口說出「祕密基地」四個字，千紗當下並不覺得奇怪，因為老人所說的太過駭人聽聞。但是，他在跟誰說話呢？

「啊，悠花被我丟到古井裡了。你不知道嗎？山麓上有個巨大的鐵塔，從那裡的獸徑往深處走，就會看見一間荒廢超過三十年的寺廟。古井就在那裡。」

有森的記憶甦醒了。此刻腳下仍殘留著當年走過那條獸徑的觸感，內心湧上了刑警時期不曾有過的噁心感。

「其實，應該要把悠花埋起來才不會被發現。但後來覺得無妨，這樣以後才可以隨時去看她。」川田冷笑著。

「千紗穿著淡黃色的浴衣，展現出不一樣的迷人風情。我那時明明還沒玩膩悠花，卻仍不由自主帶走了千紗。唉，真可惜，那隻可愛的蝴蝶後來飛走了。」

千紗大叫一聲，手機從手中滑落。她大口喘著氣，神情痛苦地以雙手摀住嘴蹲下。不一會兒，傳來嘔吐聲。

有森撿起掉在地上的手機。

「所以，我只好加倍疼愛悠花了。」

千紗用雙手摀住耳朵，激烈搖著頭。「我不要聽！我不要聽！」有森則被川田的自白所震懾，一時間說不出話來。

「明穗的粉紅色上衣隨風飛舞，她拿著素描簿畫畫，那雙小手就像小貓一樣，好可愛啊。我和她啊，是我這輩子最盡興的一次。可是啊，她一點也不乖。後來我拿內衣塞進她的嘴裡，她慢慢就不動了。她死後我們感情還比較好呢，她變得很乖，好像在對我說，爺爺，來玩嘛……」

有森再也聽不下去，忍不住低吼，這個禽獸……世上居然有這種惡魔！川田將二十一年前的犯行，猶如細數酸甜的青澀時光般，如此得意而愉悅地說出口。

千紗雙手掩住臉龐，渾身發抖。她的手電筒掉在地上，照在牆壁上那張幼時誤以為是怪物的臉般的汙漬上。

真正的犯人是川田清。但川田已經死了，是誰打了那幾通神祕的電話？目的是什麼？不，答案已經很明顯了。

「老實說，我很害怕。」

影片中，川田抱著頭。

「這幾年來，我老是做噩夢。那些孩子壓在我身上，纏著要我說出真相。我每次都隨意敷衍過去。還以為她們終於放棄了，安靜下來，但是……」

川田突然大力甩著頭。

「前幾天，有個孩子卻來到了現實。就是二十一年前被我綁架的千紗。」

千紗顫抖著緩緩抬頭。有森也輕聲驚呼。

「對不起，我只是想跟她當好朋友啊。」

千紗再次盯著手機，滿布血絲的雙眼狠狠瞪著畫面。川田清。有森也在內心吶喊著，你這個惡魔！幾十年刑警生涯中，都沒看過如此無恥、殘酷的人渣！

「怎麼綁架的？哦，綁架時開的那部車子是我的。後來朋友沒看到我的車子還覺得奇怪，我推說車子發不動，拿去報廢了。其實我都作案時才開車。車子在哪裡？哦，棄置在祕密基地附近的水池裡。」

有森啞然。川田的犯行看似一時衝動，其實經過縝密思考。為什麼當年警方沒發現高木悠花被棄屍的那口古井呢？明明投入那麼多人力……

不，答案很清楚。先入為主的偏見。所有人內心早已認定平山就是真凶，而且不願修正。豈止如此，更糟的是隱蔽事實和捏造證據。而且，罪魁禍首正是自己與今井。

川田也說出了收藏少女內衣與偷拍照片的地點。

「我就要死了，死後應該就能跟明穗和悠花重修舊好。我會在那邊和她們倆過著幸福快樂的生活。啊，能夠說出來，覺得好輕鬆啊。」

川田笑得很燦爛。影片長度約十五分鐘。

這段遺言的證據力十足，而且並非臨終老人的囈語。既然證詞明確，就可以從蓄水池撈起川田作案用的車子，再找出他偷走的女童內衣和偷拍照。

有森和千紗沉默很長一段時間。

川田的自白非但不見深切反省後的懺悔，只流露出他這麼多年來依然相當陶醉其中。回憶少女的神情，絲毫看不出備受良心苛責。上帝啊、神明佛祖啊，祢們沒長眼嗎？為什麼這種令人作嘔的怪物卻能長壽終老?!

連續綁架殺人案的真凶就是川田。那麼，是誰把有森和千紗叫來這裡？目的是什麼？躺在血泊中的今井，以及掉在一旁的菜刀，正靜默地訴說著答案。

「……有森先生。」

千紗抬起頭，以赤紅的雙眼凝視有森。

「是你刺死今井先生的嗎？」

川田的自白足以讓人停止思考。而光從現狀來看，任誰都會這麼想。是誰設下這個局？答案很明顯。先殺死今井，再嫁禍有森，能夠策畫整起事件的只有一個人，平山。平山始終伺機報復有森與今井。

今井不是我殺的，是有人栽贓。原本大可這麼說，但就算這種說法成立，就算明知不開口即意味著默認，有森還是說不出話來。

「有森先生，請回答我。是你刺殺今井先生的嗎？」

今井幾乎要給出肯定的回覆。

當年平山自白時也是這樣的心情吧。得知最親近的妹妹自殺，整個人意志消沉而放棄抗辯。此刻的有森也一樣。已經確定平山不是殺害池村明穗的凶手，但他的人生因為我而走向崩壞，我到底做了什麼……

「為什麼不回答我？」

有森不作聲，只是靜靜注視剛才握著菜刀的那隻手。

雖然一切都太遲了，但他慢慢明白平山的目的。他無疑是要報仇。報復有森與今井當年構陷自己入罪。殺死今井，再嫁禍有森……多麼完美的復仇。
千紗去看過川田之後，川田便叫來平山。可能認為平山是最適合知道真相的人？難道沒想過平山一氣之下會對他不利？不，川田早瘋了，自白時還說得眉飛色舞，可見根本不怕在代替他入獄的人面前說出真相。
偷拍這段影片的人是平山。照護員口中的另一個訪客就是平山。當初川田老人做出不利於平山的證詞時，說不定平山也曾想殺害他。是這樣嗎？
拍攝這段影片時，平山應該還無法證明川田是真凶。要是能夠證明，直接報警不就好了？只要查出真凶，世人就不會再懷疑平山，才能真正達到完全無罪。可是，平山卻選擇報仇，並且精心布局到這種地步……
有森低頭不語。突然，背後傳來腳步聲。
千紗微張著嘴，看向有森的背後。有森隨著那視線慢慢轉頭。
身後站著一個神情疲憊的男人。
「……平山先生。」
就像看見一個無聊的玩具般，平山隨手撿起走廊上的菜刀，站在房子的玄關。千紗的手電筒照出他的半張臉。灰白的頭髮垂下蓋住眼睛，眼中一無情緒，彷彿戴上能面一般。

為什麼？為什麼這時候還要出現？

「松岡律師，是我，是我殺死了今井。」

面對平山的自白，千紗連聲問為什麼，語氣中難掩驚訝。

「我無法原諒這兩個傢伙……」

平山拿起菜刀指著有森，又指了指今井，露出悲傷又憤怒的神情。

「我每天都在想，假釋出獄之後，就要找這兩個傢伙報仇。起初以為至少得等上十年。但多虧妳幫忙，我提早出來了。松岡律師，妳記得嗎？第一次見面時，我曾說，不知道能不能活到假釋出獄的時候。那句話不是擔心我自己，而是快七十歲的有森。要是他死了，我就沒辦法報仇了。」

平山俯視今井。

「這傢伙是澈澈底底的人渣。」

面對倒地不起的今井，平山仍按捺不住強烈的憎恨。平山緩緩說著，從再審聲請審查時今井主動認罪，加上出獄後今井當面下跪求他原諒，這兩件事的確一度動搖平山復仇的決心。直到後來在電視上看到有森的發言，他才決定再次確認兩名前刑警是否認真地反省當年的違法行徑。

「我會去找川田清，是因為他寫信給我。」

就是那封寄到香川第二法律事務所未署名寄件人的信。

「可是，信中卻有川田的署名。明明在高木悠花事件中指認我是兇手，卻寫信給我，我覺得內情不單純，便去找他，意外用上了我才剛學會的手機錄影功能。」

川田在信上說，要是平山答應一輩子保守祕密，就願意說出事情的真相。

「川田坦承犯案經過之後，我就一一去確認，果然找到了他說的祕密基地和證物。那時，我本打算報警。畢竟查出真兇之後，我就不會再被懷疑了。我當然對川田感到很憤怒，但是，我腦中始終揮之不去的復仇念頭，硬生生讓我將這口氣嚥了下去。」

有森不發一語，靜靜聽平山說著。

「我突然想到，這是個好機會。於是我分頭打電話，引誘他們在高木悠花的遺體上放頭髮，並說如此一來平山就百口莫辯。無論如何，我都要確認一件事。」

「確認一件事？」千紗問。平山點點頭。

「確認他們內心真正的想法。我想知道他們對於過去到底反省到什麼程度。有森先生沒上當；但是當我對今井說，我會幫他還清債務，而且我手中有平山聰史的頭髮，他二話不說就答應了，再一次將我的頭髮栽贓在死者身上。這傢伙根本沒反省，一切都是為了錢。那些所謂的自白也是為了錢。」

原來平山也對今井打了同樣的電話。利用川田的自白揭露凶手的真面目、殺害今井再嫁禍給有森……全都符合有森的推理。

可是，為什麼要這麼做？川田才是真凶，這一點已毋庸置疑。平山的餘生應該是光明的，卻變成這樣！追求幸福是理所當然的權利，他卻捨棄幸福選擇復仇……難道冤罪會讓一個人心生如此巨大的憎恨嗎？

「別誤會了。」

彷彿看透有森的心思，平山直盯著他說：

「我才不在乎被你們陷害入罪。」

是我想錯了嗎？有森的聲音變得微弱沙啞。

「都是因為你們害死了我妹妹。」

平山露出了在偵訊室或法庭上都不曾出現的銳利眼神。

「我被逮捕之後，佳澄依舊不相信，總是說『哥，你不可能做那種事！』。佳澄會尋死，都是因為你們欺騙她，對她說我認罪了。你們的欺騙殺死了佳澄！」

平山打電話引誘今井時，確認了這件事。今井還一副得意洋洋，表示多虧自己向平山的妹妹撒謊，才順利讓平山自白。

「佳澄永遠不會知道我是被冤枉的。所以，就算得拿刀正面對決，我也要對這兩個傢伙報仇。這個信念支持我活到現在。」

比刀尖還要銳利的目光，直直刺向有森。

有森並不覺得可怕，也不為此感到悲傷，只覺得平山的眼神似曾相識。對了，池村敏惠就曾在法庭上以這種眼神盯著平山。失去了心愛的人、失去了比自己更重要的人，於是眼神燃起了熊熊怒火。

這樣啊，總算明白了。

這些年來激勵平山活下來的，不是含冤入罪的憤怒，而是對於心愛妹妹死去的悲傷。這不就和敏惠一樣嗎？

有森感到心中似乎有什麼驀然斷裂……他彷彿虛脫般單膝跪地。

「對不起！」

遲到了太久的道歉。或許這麼做只會加深平山的悲傷。但是，必須這麼做。這是二十一年來自己頭一次表達最真摯的歉疚。儘管欺騙平山家人純屬今井獨斷的爭議行徑，但不難想像，平山會認為是有森的指示。但自己已無心辯解了。

平山拿著菜刀逼近有森。千紗大喊「住手！」。有森卻沒有打算逃跑的樣子。

「如今想想，這場測試還是失敗了。今井的確令人憎恨，只不過，有森先生，我還是不明白你的想法。雖然你並不打算嫁禍給我，但這也不代表什麼。」

平山佇立不動，持刀的手顫抖著。

怎麼做才能贖罪？要代替平山頂罪？還是讓他完成報仇的心願？

平山再次走向有森。千紗焦急地喊著：「平山先生！」

「為什麼你沒有拿走今井放在遺體上的頭髮？」

千紗的問題讓平山停下腳步。

「這樣必然會引起警方懷疑，事實上也引發一陣騷動。當你得知今井依照指示，將頭髮放在悠花遺體上的時候，就深深感到罪孽深重吧？你認為自己利用了可憐的悠花，甚至褻瀆了她的遺體。」

緊握著菜刀的平山全身僵住。好一會兒才吐出長長一口氣，轉身面向千紗。

「是的，我發現我也變成了怪物。」

平山以另一手掩住臉。啊，看來打電話通知警方高木悠花棄屍地點的人，也是平山。

平山認為自己也犯了罪，於是決定不拿回頭髮。

「我希望警方愈早發現愈好。」

平山握著刀的手不住顫抖。應該有機會奪下刀子，但有森沒這麼做，只是默默望著平山。

「我早就豁出去了……可是，可是，我不能原諒這兩個傢伙！」

啊啊啊！平山發出野獸臨死前的痛苦哀嚎。

然而，菜刀從顫抖的手中掉落。

恍如慢動作般掉落地面的瞬間，屋內響起撞擊的回聲。有森張大眼睛。咦？不對，不是刀子掉落地面的撞擊聲。

平山整個人騰在半空中。

他張大雙眼，身體像被往後拉似的癱倒在地板。有森急忙伸長右手卻連身體都沒碰到，平山以半轉過身子的姿態跌落在地。千紗失聲叫喊。今井依然躺在地上。

怎麼回事？一頭霧水。幾秒之後，身邊傳來腳步聲和急促的喘息聲。一名制服警察慢慢靠近。

「你沒事吧？」

年輕警察手上的槍還在冒煙。千紗拿起手電筒照向平山。只見平山倒臥，生死不明。

中彈部位好像在胸口，出血點很小，但他動也不動。

有森立刻對趕來的年輕警察大罵混帳。

年輕警察連忙辯解，聲稱當地派出所接到平山失蹤的消息後，來到附近巡邏，同一時間又接到千紗的報案電話。在屋外聽見爭吵聲後，一進來便看見平山拿刀揮向有森。

「雖然沒先警告就開槍，但這種狀況屬於緊急不法侵害。」

緊急不法侵害？平山的確是拿著菜刀走向有森，但是他並沒有殺意。那聲吶喊只是他努力壓抑殺意所宣洩而出的憤怒，這個菜鳥誤會了。

「平山先生！平山先生！」

千紗大聲呼喚著一動不動的平山。年輕警察則在一旁反覆合理化他的開槍舉動。有森皺起眉頭，聽不明白到底在辯解什麼。啊，原來如此，其實就是出於一份盡忠職守的心情。

有森彷彿在年輕警察的身上，看見過去的自己。

然而，平山的人生為什麼會變成這樣？……遭到栽贓殺人罪入獄，妹妹被警察逼死，因莫須有的罪名服刑二十一年後才獲得再審無罪判決，無法制裁逮捕他的兩名前刑警的罪行，不惜犧牲得來不易的自由完成復仇，慘遭不知情的警察開槍射擊。有森沉重地俯視躺在地上的平山。

漫漫長夜，怪物之家橫躺著兩名男子。千紗不斷呼喊著，其中一個身軀微微動了，不是平山，是今井。為什麼是他！千紗憤怒得表情扭曲。

今井的傷口似乎僅有一處，而且不是要害，沒失太多血。真想致人於死地，就該直刺咽喉，但行凶者並未這麼做。平山聰史，這個男人打從本質上就不願傷害任何人。

遠處傳來嗚笛聲。

千紗握緊平山的手，繼續喊著：

「不能死！拜託你！不能死！」

有森也在黑暗中祈禱著。是啊，平山，你沒殺人，沒殺任何人。完全無罪。淚水沿著臉頰滑落。有森注視平山，嗚笛聲逐漸接近。

終章

俯瞰東京都心的夜景，玻璃帷幕電梯緩緩上升，無聲無息。

一天的疲勞爬遍全身，但精神戰勝了肉體，甚至能支配肉體行動。今天因車禍致人傷亡而來請求協助的委託人，依舊相當惡劣。不僅完全無視自身過失，還極力要求千紗爭取無罪。以為我手上拿著魔法棒嗎？

到達三十五樓，走出電梯，律師友人露出驚訝的表情。

「哎，是松岡啊，沒戴眼鏡了？還以為是誰呢。」

眼前是在推落幼童致死官司中一起奮戰的中年律師。最近千紗睡得很安穩，眼白不再布滿血絲。況且原本視力就不差，不再需要戴眼鏡來遮掩。

千紗踏上地毯，慢慢走向資深合夥人辦公室。不是真山叫她來的，是她主動要求見面。警衛與祕書帶領千紗到辦公室。

「啊，辛苦了。」

一如往常，真山邊喝紅茶邊吃餅乾，一樣是西班牙的無麩質餅乾。

「哦，不戴眼鏡很可愛喔。這樣更好。」

真山輕鬆地打開話匣子。

「怎麼了？平山的事又沒人怪妳。」

平山在無罪判決後發生的事，媒體大肆報導。那天晚上，今井與平山緊急送醫後雙雙獲救。目前平山仍在住院治療，今井則因殺人未遂嫌疑遭到逮捕。

川田清經警方證實為真凶之後，人們看待平山的眼光也變得柔和了。警方在綠頂房屋附近的蓄水池找到了川田的車子；並且依手機上的影片指示找出遭竊的女童內衣和偷拍照。證據確鑿。在綾川國小偷拍女童與偷竊內衣的人，就是川田。至於平山向前刑警的復仇行動，人們大多表示同情。

「那麼，妳找我有什麼事？」

「我希望這是我在這裡的最後一個案子。我想辭職。」

彷彿早已預料到，真山慢慢抬起頭來。千紗知名度雖高，但實力仍待加強。即便辭職也不至於造成事務所損失。哦……真山仍嘆了一口氣。

「那真是遺憾。」

真山苦笑著朝千紗伸出手，千紗則像要反抗似的閉緊雙唇。

「真山先生，我想問……」

什麼？真山略顯強勢地與千紗握手。

「為什麼你會接下綾川事件的案子？」

真山叼著餅乾，思索片刻。

「為什麼嗎？嗯……幫被害者洗清冤罪還需要理由嗎？老實說，我沒把握，ＤＮＡ重新鑑定結果出爐時，我就放棄了。但是妳創造了奇蹟，了不起！」

「我不是說這個。」

「妳應該會謙虛地說是運氣好。但就我來看，妳完全看穿了今井的心思，那場法庭攻防真的很棒。」

「我不是指這個。」千紗口氣變得嚴厲。真山終於把餅乾從嘴裡拿出來。

「打從一開始，今井就想承認自己當年進行違法偵訊及調查，他一直在找機會。對他來說，這是生意。主動背叛警察，坦承一切，陷自己於不利的境地，而這麼做可以換來電視通告、演講、出書，賺進白花花的錢，是一筆莫大的冤罪生意。可是，問題不在這裡。

因為這不是今井想出來的主意。熊律師都告訴我了，他打了電話給今井。」

真山默默望著窗外。再審聲請審查時，熊擔心千紗因DNA重新鑑定結果而大受打擊，打算代替她來質問今井。但千紗想自己來，熊便不好勉強。熊多次想對千紗說明這件事，但終究沒說出口而苦惱不已。

平山刺殺今井被捕後，熊十分懊悔。要是不用那種卑劣的戰術，事情就不會變成這樣吧。儘管最後今井和平山都撿回一條命，但一個不小心，雙雙命喪黃泉也不足為奇。

「那種戰術，是真山先生指點的吧？」

千紗目不轉睛地盯著真山。這點純屬臆測。熊雖未多說什麼，但千紗很清楚熊的個性，他不會這麼做。再審聲請審查前，熊與真山通過電話，肯定是那時真山教他這麼做的。真山調查過今井，因此一開始便認為策反今井就能打贏官司。而千紗只不過是那場比賽中的一枚棋子。多瘋枉的戰術啊！

千紗再一次對真山說自己都知道了。

但真山只隨口應了一聲，歪著脖子一副早就預料到這一切的神情。果然老奸巨滑。他有把握熊絕不會洩漏出去。

「我再問一次，你為什麼要接綾川事件的案子？」

真山似乎一臉苦惱。這時，千紗才感受到真山的可怕。真山肯定掌握一切。他打電話給熊時就很清楚熊是怎樣的人、會反抗到什麼地步，甚至連千紗的反應都瞭若指掌。千紗不禁覺得再怎麼進攻都是徒勞。

「我想讓他們垮臺。」

真山微笑著回答。真意外，而且是超乎想像的理由。為了守住大型法律事務所的領袖寶座，他企圖洗刷二十一年前參與的那件冤案，藉此拉下阻礙他的人。果真如此，那麼平山和有森的奮戰有何意義？

「就為了這麼點無聊的事。」

決定提出再審聲請時，真山就已經視警察、檢察、法院、律師所秉持的正義為敝屣。那麼，真山心目中的正義到底是什麼？

「真山先生，你……」

正想再追問，真山的眼睛透出紅光，笑容中燃燒著一股神祕的烈焰。千紗全身不寒而慄，感覺那股烈焰似乎別有用意，而且強大到足以吞噬她。

怎麼回事……千紗啞然失聲。

「騙妳的，騙妳的啦，怎麼可能。」

真山眼中的烈焰如幻影般驀然消失，恢復一向和藹可親的面容。千紗不禁愣在原地。

此刻，像是觸碰到不可觸碰之物。真山對一臉迷惘的千紗說：「謝謝妳表現得這麼好。」再次伸出溫暖的手。

「至於要不要辭職，再想一想吧。」

他送千紗到電梯，兩人道別。

到頭來，今井被迫認罪的幕後原因依然不得其解。然而比起真相，千紗更在意真山在那一瞬間露出的駭人眼神。到底怎麼回事？告別真山後，千紗不由得鬆了口氣。居然只因為那樣的眼神，就放棄追問而倉皇逃走了？

「唉，算了。」千紗莞爾一笑。

逍遙法外長達二十一年的怪物，原來是個骨瘦嶙峋的老人。然而以正義為名的怪物，依然神祕難辨。準備回四國吧，以後的事慢慢再想。

橫渡瀨戶內海，「Marine Liner」列車抵達高松車站。

月臺上播放〈瀨戶花嫁〉的旋律，千紗小聲哼唱著走向驗票口。幾個人正站在出口，引頸等候千紗到來。是香川第二法律事務所人員，大家特地前來迎接。

熊一度沮喪到決心離開業界，還是在千紗的勸說下才打消念頭。

「那麼，我們趕快過去吧。」

熊開著車，目的地是高松中央醫院，平山還在住院療養。穴吹女士也同車前往，接著說明後來發生的事。平山胸部中彈，幸好未貫穿背部，後來也順利取出子彈；肺部雖穿了洞，但不致危及性命。有森承認犯下的錯誤，公開向媒體表示願意對平山做出任何補償。

「警察戒備很森嚴呢。」

平山住在特別病房，只有千紗能進去。於是在兩名警察的隨同下，千紗進入病房，輕輕拉開隔簾。

只見平山吊著點滴，但沒有戴氧氣罩，似乎已恢復意識。臥床休養的平山望著窗外，察覺千紗來了，便默默轉過頭來。

儘管在綾川事件中獲得完全無罪，重拾自由，但接下來一出院便將遭到逮捕。再沒有如此諷刺的事了。

千紗心知肚明，任何安慰的話語都難以平復他內心的創傷，此時面對面，果然什麼話也說不出口。綁架事件之後，千紗身邊有親愛的父母陪伴；這次也有熊與事務所同仁的支持。但平山最親近的妹妹死了，剩下他孤單一人，而在這樣的孤獨之中，他懷著復仇的信念獨力奮戰至今。

今後的人生會變得如何？對平山來說，無論是死在那個綠屋頂的房子裡，或是關在牢裡，肯定沒什麼不同吧。

「平山先生，謝謝你遵守我們的約定。」想來想去，千紗勉強擠出這一句。

兩人在監獄面會時，平山曾經承諾不說謊。為了遵守承諾，他始終沒騙過千紗，當然，必要時他會沉默以對，但從不撒謊，就連那場慶功派對結束後，他對千紗說的那句「謝謝你讓我這個殺人凶手變無罪」，也不是謊言。他口中的殺人凶手並非指二十一年前的案件，而是打算殺掉今井和有森兩人的自己。

千紗想起了當晚痛斥有森的平山，以及那句令人難以忘懷的話：

——佳澄永遠不會知道我是被冤枉的。

平山並不是為了向世人證明自己的清白。他只想向一個人證明，那就是心愛的妹妹。

「平山先生，你是無辜的。」

你妹妹一定也這麼認為……想說出口卻猶豫了。對於平山這二十一年來的悲慘人生，這樣的安慰未免太廉價了。

總算完全無罪。或許，的確比讓駱駝穿過針眼困難許多。況且，無罪並非終點，一場取回失去之物的戰鬥才要開始。平山已經站在那條起跑線了吧。

轉身離開時，身後傳來微弱的聲音「松岡律師……」，是平山。

「謝謝妳。」

臨別之際，一個小小的、飄散在空中的心意。

千紗對平山輕輕點頭後離開。

走出病房時，稍遠處一個老人正抬頭仰望大樹，那身影神似有森。

漫長的二十一年，得知了怪物的真面目、犯人的身分，不知為何，仍有一切並未結束的感覺。或許是因為，這個世界上還有更多未知的怪物存在吧。

但是，總算不再做噩夢了。紅通通的雙眼也舒服多了。遠遠望見熊和穴吹在停車場上朝揮著手。千紗終於察覺不再是孤單一人。她相信，認為自己失去了一切的平山，總有一天也會……

此際，不知名的鳥群從老人仰望的大樹上展翅高飛。

千紗睜大雙眼追逐翱翔天際的鳥群，獻上努力振作後的微笑，祝福牠們海闊天空，一路順風。

gr類型閱讀 53

完全無罪

完全無罪

作者　大門剛明
譯者　林美琪
副社長　陳瀅如
總編輯　戴偉傑
責任編輯　戴偉傑・周奕君
行銷企畫　陳雅雯・趙鴻祐
美術設計　兒日設計
內頁排版　宸遠彩藝

出版　木馬文化事業股份有限公司
發行　遠足文化事業股份有限公司（讀書共和國出版集團）
地址　231 新北市新店區民權路 108 之 4 號 8 樓
電話　02-22181417　傳　　真　02-22180727
Email　service@bookrep.com.tw
郵撥帳號　19588272 木馬文化事業股份有限公司　客服專線　0800221029
法律顧問　華洋法律事務所　蘇文生律師
印刷　前進彩藝有限公司
初版一刷　2024 年 1 月
初版三刷　2024 年 4 月
定價　380 元
ISBN　9786263145726（紙書）
9786263145719（EPUB）
9786263145702（PDF）

國家圖書館出版品預行編目

完全無罪 / 大門剛明著 ; 林美琪譯 . -- 初版 . -- 新北市 : 木馬文化事業股份有限公司出版 : 遠足文化事業股份有限公司發行 , 2024.01
288 面 ; 14.8×21 公分 . -- (gr 類型閱讀 ; 53)
譯自 : 完全無罪
ISBN 978-626-314-572-6(平裝)

861.57　　112021632